KB081911

오렌지 밭의 두 소년

L'ORANGERAIE

by Larry TREMBLAY

ⓒ Éditions Alto, 2013

오렌지 밭의 두 소년

라리 트랑블레 지음 | 김자연 옮김

오픈하우스

조안에게

차례

작가의 주

『오렌지 밭의 두 소년』의 이전 버전에서 샤히나는 샤난,
자헤드는 조할, 날리파는 닐란, 달리마는 달릴, 카말은 마나할이었다.
새 버전에서는 사실성을 높이기 위해 이름을 변경하였다.

아메드 이야기

아메드가 울면 아지즈도 울었다. 아지즈가 웃으면 아메드도 웃었다. "나중에 둘이 결혼하겠다." 사람들은 둘을 놀리려고 이렇게 말했다.

할머니의 이름은 샤히나였다. 눈이 어두워서 늘 손자들을 헷갈려 했다. 샤히나는 손자들을 사막의 물방울 두 개라고 불렀다. "둘이 손잡고 다니지 마라. 두 겹으로 보이는 것 같잖니"라고 말하기도 했다. 이런 말도 했다. "언젠가 물방울들은 없어지고, 물이 있을 거야. 그럼 됐어." 이렇게 말했어야 했는지도 모른다. "언젠가 피가 있을 거야. 그럼 됐어."

아메드와 아지즈는 집의 잔해 속에서 할아버지와 할머니를 찾아냈다. 할머니의 머리는 대들보에 부서져 있었고, 할아버지는 폭탄에 잘게 찢긴 채 침대에 누워 있었다. 매일 저녁 해가 사라지는 산비탈에서 온 폭탄이었다.

폭탄이 떨어졌을 때는 아직 어두운 밤이었다. 하지만 샤히나는 벌써 일어나 있었다. 그녀의 시신은 부엌에서 발견됐다.

– 할머니는 한밤중에 부엌에서 뭘 하고 있던 걸까요?
아메드가 물었다.

– 그건 영영 알지 못하겠지. 몰래 케이크를 만들고 계셨을 수도 있고.
아메드의 어머니가 대답했다.

– 왜 몰래 해요?
아지즈가 물었다.

– 아마 놀래 주려고 그러셨겠지.
타마라는 파리를 쫓기라도 하듯 손으로 허공을 훑으며 두 아들에게 대답했다.

샤히나는 혼잣말하는 습관이 있었다. 사실 그녀는 자신을 둘러싼 모든 것들에게 말하는 것을 좋아했다. 아이들은 할머니가 정원의 꽃들에 질문하거나 집들 사이로 흐르는 개울과 이야기를 나누는 모습을 본 적이 있었다. 몇 시간이나 물 위로 몸을 구부린 채 말들을 속삭이기도 했다. 자헤드는 어머니가 그런 식으로 행동하는 모습이 부끄러웠다. 아들들에게 안 좋은 모습을 보인다며 어머니를 나무라기도 했다. "어머니는 미친 사람처럼 행동해요"라고 소리쳤다. 샤히나는 고개를 숙이고 조용히 눈을 감았다.

어느 날 아메드가 할머니에게 말했다.

– 머릿속에서 어떤 목소리가 있어요. 그 목소리는 혼자서 말해요. 이상한 말들을 하는데 멈추게 할 수가 없어요. 꼭 내 안에 다른 사람, 나보다 큰 사람이 숨어 있는 것 같아요.
– 말해 보렴, 아메드. 그 목소리가 네게 말하는 이상한 것들을 할머니에게 말해 보렴.
– 말할 수 없어요. 조금씩 잊어버렸거든요.
그건 거짓말이었다. 아메드는 그 말들을 잊지 않았다.

아지즈가 딱 한 번 큰 도시에 머문 적이 있다. 아버지 자헤드는 차 한 대를 빌렸다. 기사도 불렀다. 아버지와 아들은 새벽에 길을 떠났다. 아지즈는 차창 밖으로 펼쳐지는 새로운 풍경을 바라봤다. 자동차가 지나치는 공간들이 아름답다고 생각했다. 눈에서 멀어지는 나무들이 아름답게 느껴졌다. 뿔을 붉게 칠한 소들이 뜨거운 땅 위에 놓인 큰 돌처럼 평온하고 아름다워 보였다. 도로는 기쁨과 분노로 흔들렸다. 아지즈는 고통에 몸부림치고 있었다. 그리고 웃고 있었다. 아지즈는 눈에 보이는 풍경을 자신의 눈물

속에 담갔다. 그 풍경은 어떤 나라의 이미지 같았다.

자헤드가 아내에게 말했다.
– 아지즈를 큰 도시의 병원에 데려갈게.
– 기도할게, 아메드도 기도할 거야.
타마라는 이렇게만 대답했다.

기사가 도시에 거의 다 왔다고 알렸을 때, 아지즈는 차
안에서 기절해 있었고 그래서 그동안 소문으로만 들었던
화려한 도시의 모습은 아무것도 보지 못했다. 아지즈는
침대에 누워 있다가 의식을 되찾았다. 아지즈가 있던 병실
에는 다른 아이들도 침대에 누워 있었다. 아지즈는 자신이
그 모든 침대에 누워 있는 줄 알았다. 통증이 너무 심해 몸
이 여러 개로 나뉜 줄 알았다. 자신이 그 모든 침대에서 그
모든 몸으로 고통에 몸부림친 것이라 생각했다. 의사가
아지즈에게로 몸을 숙였다. 강한 향수 향이 느껴졌다. 의
사는 친절해 보였다. 의사가 아지즈에게 웃어 보였다. 하
지만 아지즈는 의사가 무서웠다.

"잘 잤니?"

아지즈는 아무 말도 하지 않았다. 의사는 숙였던 몸을
다시 일으켰고, 얼굴의 미소는 옅어졌다. 의사는 아지즈
의 아버지에게 말을 했다. 아버지와 의사는 큰 병실에서

나갔다. 자헤드는 주먹을 꽉 쥐었고 심호흡을 했다.

　며칠이 지나자 아지즈는 몸이 조금 나아진 듯했다. 병원에서는 아지즈에게 걸쭉한 액체를 마시라고 주었다. 아지즈는 그 액체를 아침저녁으로 먹었다. 분홍색이었다. 아지즈는 그 맛이 싫었지만 통증은 가라앉았다. 아버지는 매일 아지즈를 보러 왔다. 아버지는 사촌 카시르의 집에서 지내고 있다고 말했다. 그게 아지즈에게 말한 전부였다. 자헤드는 아지즈를 조용히 쳐다보고 이마를 짚었다. 나뭇가지처럼 딱딱한 손이었다. 한번은 아지즈가 소스라치며 잠에서 깬 적이 있었다. 아버지는 의자에 앉아 그 모습을 지켜보고 있었다. 아버지의 그런 눈빛이 아지즈는 무서웠다.

　아지즈의 옆 침대에는 여자아이가 있었다. 이름은 날리파였다. 아이는 아지즈에게 자신의 심장이 가슴 안에서 잘 자라지 못하고 있다고 말했다.

　"내 심장이 거꾸로 자라고 있대. 심장 아래쪽 있잖아, 그게 제자리에 안 있대."

　아이는 같은 큰 병실에서 지내는 다른 모든 아이들에게 그 이야기를 했다. 날리파는 모든 사람과 이야기를 했기 때문이다. 어느 밤, 아지즈가 잠을 자다가 괴성을 지른 적이 있었다. 날리파는 무서웠다. 아침 일찍 아지즈에게 자신이 간밤에 본 것을 말해 줬다.

– 네 눈이 꼭 동그란 밀가루 반죽처럼 하얗게 변했어, 그러고 침대 위에 똑바로 서더니 팔을 크게 움직이더라. 날 무섭게 하려고 장난치는 줄 알았어. 너를 불렀지. 그런데 네 영혼은 더 이상 네 머릿속에 없더라고. 영혼이 사라져서 어디로 갔는지 모르겠어. 간호사 선생님들이 오셨고 네 침대 주위로 칸막이를 쳤어.
– 악몽을 꿨어.
– 악몽은 왜 있는 걸까? 넌 알아?
– 난 몰라 날리파. 엄마는 "신만이 아신다"라고 자주 말씀하셔.
– 우리 엄마도 똑같은 말을 해. "신만이 아신다"라고. 이런 말도 하셨어. "태고부터 원래 그렇다." 태고는 세상의 첫 번째 밤이라고 엄마가 얘기해 줬어. 너무나 어두워서 밤을 뚫고 나오던 태양의 첫 번째 빛이 고통으로 울부짖었대.
– 밤이 울부짖어야 했던 거 아닐까, 뚫린 건 밤이니까.
– 그럴 수도 있겠네. 아마도.
날리파가 말했다.

며칠 뒤 자헤드는 아지즈에게 옆 침대의 여자아이는 어디로 갔는지 물었다. 아지즈는 그 애가 다 나았기 때문에 엄마가 와서 데려갔다고 대답했다. 아버지는 고개를 숙였다. 아무 말도 하지 않았다. 한참이 지난 후 아버지는 고개를 들었다. 여전히 아무 말도 하지 않았다. 그러고는 아들에게로 몸을 숙였다. 아들의 이마에 입을 맞췄다. 아들의 이마에 입을 맞춘 것은 처음이었다. 아지즈의 눈에는 눈물이 고였다. 아버지는 아지즈에게 작은 목소리로 말했다.

"내일 우리도 집으로 돌아갈 거야."

아지즈는 아버지 그리고 지난번 그 운전기사와 함께 다시 떠났다. 아지즈는 백미러에서 사라지는 도로를 바라보았다. 아버지는 묘한 정적을 만들어 내며 차 안에서 담배를 피웠다. 아버지는 아지즈에게 대추야자와 과자를 줬다. 집에 도착하기 전, 아지즈는 아버지에게 자신이 다 나았는지 물었다.

"병원에는 다시 가지 않을 거야. 우리의 기도가 이루어졌어."

자헤드는 자신의 투박한 손을 아들의 머리에 올렸다. 아지즈는 행복했다. 사흘 뒤, 산 너머에서 온 폭탄이 밤을 찢고 아지즈의 할아버지와 할머니를 죽였다.

자헤드와 아지즈가 큰 도시에서 돌아오던 날, 타마라는 여동생 달리마의 편지를 한 통 받았다. 달리마는 IT 연수를 받기 위해 몇 해 전 미국으로 떠났었다. 백여 명의 후보 중에 선발되는 쾌거를 이뤄냈던 것이다. 하지만 달리마는 다시 고국으로 돌아오지 않았다. 타마라의 답장은 뜸했지만 달리마는 언니에게 주기적으로 편지를 썼다. 달리마는 편지에서 자신의 생활을 이야기했다. 그곳에는 전쟁이 없었다. 그런 사실이 그녀를 행복하게 했다. 그리고 대담하게 만들었다. 달리마는 종종 타마라에게 돈을 보내 주겠다고 했지만 타마라는 동생의 도움을 차갑게 거절했다.

  달리마는 편지로 임신 소식을 알렸다. 첫아이였다. 달리마는 언니에게 쌍둥이와 함께 자신에게로 오라고 했다. 미국으로 올 방법은 자신이 찾겠다고 했다. 은연중에 타마라가 자헤드를 버려야 한다고도 했다. 자헤드를 그 전쟁과 오렌지 밭과 함께 홀로 내버려 둬야 한다고.

"몇 년 새에 얘가 이렇게 바뀌다니!"

타마라는 연거푸 말했다.

타마라는 며칠 동안 여동생을 미워했다. 어떻게 남편을 버리라고 할 수 있는지, 동생을 원망했다. 자신은 자헤드를 떠나지 않을 것이다. 그러지 않을 것이다. 그리고 그녀 역시 싸울 것이다. 달리마가 그들의 전쟁은 헛된 것이고 패자만이 있을 것이라고 편지에 썼지만 말이다.

오래전부터 자헤드는 처제의 소식을 더는 묻지 않았다. 달리마를 죽은 사람으로 여겼다. 달리마의 편지에는 손조차 대려고 하지 않았다. "더럽혀지고 싶지 않아"라고 혐오하듯 말했다. 달리마의 남편은 엔지니어였다. 달리마는 편지에서 남편의 이야기를 전혀 하지 않았다. 가족들의 눈에 남편이 위선자이자 비열한 사람으로 비치는 것을 알고 있었기 때문이다. 달리마의 남편은 산 건너편에서 온 사람이었다. 적이었다. 그는 미국으로 도피했다. 그리고 그곳에서 받아들여지려고 고국의 민족에 대한 끔찍한 거짓말들을 했다. 타마라와 자헤드는 그렇게 믿고 있었다. 달리마가 거기에 가서 했다는 일이 어떻게 고작 적과의 결혼이었을까? 어떻게 그럴 수 있었을까? 어느 날 달리마는 편지에 "신께서 나의 길에 그를 놓아주셨어"라고 썼다. 타마라는 이렇게 생각했었다. "달리마는 바보야. 미국이 판단

력을 흐리게 만들었어. 대체 뭘 바라는 거지? 우리 모두가 남편의 친구들에게 몰살당하기를? 그와 결혼하며 무슨 생각을 했을까? 평화의 과정에 기여라도 하려고? 알고 보면 그 애는 이기주의자였어. 그 애에게 우리의 불행을 알려서 좋을 게 뭐 있어? 그 애 남편이 우리 불행에 기뻐할 수도 있잖아. 누가 알겠어?"

그날 동생의 편지에 짧은 답장을 하면서 타마라는 아지즈가 병원에서 지냈던 얘기는 하지 않았다. 시부모를 죽인 폭탄 이야기도 하지 않았다.

지프를 탄 남자들이 왔다. 아메드와 아지즈는 집 앞을 지나는 도로 위에 생긴 자욱한 먼지를 보았다. 둘은 오렌지밭에 있었다. 자헤드가 부모님을 묻어 드리고 싶어 했던 곳이다. 자헤드는 이제 막 삽으로 마지막 흙을 떠서 뿌린 참이었다. 이마와 팔은 땀으로 젖어 있었다. 타마라는 울면서 입 안쪽을 깨물고 있었다. 지프는 길가에 멈춰 섰다. 세 명의 남자가 지프에서 내렸다. 키가 가장 큰 남자의 손에는 기관총 하나가 들려 있었다. 그들이 곧바로 오렌지밭으로 오지는 않았다. 그들은 담배에 불을 붙였다. 아메드는 아지즈의 손을 놓고 길 가까이 갔다. 그 남자들이 하는 말을 듣고 싶었다. 하지만 듣지 못했다. 너무 작은 소리로 이야기하고 있었기 때문이다. 그러다 남자들 가운데 가장 어린 사람이 아메드 쪽으로 몇 발짝 다가왔다. 아메드는 그가 할림인 것을 알아봤다. 할림은 키가 많이 커 있었다.

"나 기억해? 할림이야. 우리, 마을 학교에서 알고 지냈잖아. 학교가 아직 있었을 때 말이지만."

그러더니 할림은 웃기 시작했다.

– 응 기억해. 형들 중에서 형만 우리한테 말 걸어 줬잖아. 수염이 길었네.
– 우리는 너희 아버지 자헤드하고 이야기하고 싶어.

아메드는 다시 오렌지 밭 쪽으로 향했고, 세 남자가 아메드의 뒤를 따랐다. 아메드의 아버지가 다가왔다. 아메드는 어머니의 눈빛이 굳어지는 것을 보았다. 타마라는 아메드를 보고 자신에게 가까이 오라고 소리쳤다. 자헤드는 남자들과 오랫동안 이야기를 나눴다. 그들의 말은 바람 속으로 사라졌다. 타마라는 그날이 저주받은 날이라고, 저주받은 날들 중 첫 번째 날이라고 혼잣말을 했다. 그녀는 남편을 지켜보았다. 자헤드는 고개를 숙인 채 바닥을 보고 있었다. 할림이 아메드에게 손짓했다. 아메드는 두 아들을 자기 쪽으로 붙들고 있던 어머니의 손을 뿌리치고 남자들에게로 갔다. 자헤드는 아메드 머리에 손을 없으며 자랑스럽게 말했다.

– 이 아이가 제 아들 아메드입니다.
– 다른 아이는요?

기관총을 든 남자가 물었다.

– 저 아이는 아지즈예요, 쌍둥이 형제죠.

그들은 저녁까지 머물렀다. 자헤드는 남자들에게 부모님 집의 잔해를 보여 줬다. 하늘에서 폭탄의 흔적이라도 찾으려는 듯 모두 산 쪽으로 고개를 들었다. 타마라는 차를 준비했다. 그리고 아이들을 방에 들어가 있게 했다. 얼마 후, 아메드와 아지즈는 기관총을 든 남자가 지프로 돌아갔다가 잠시 후 손에 가방 하나를 들고 돌아오는 모습을 창문으로 보았다. 아이들은 엄마가 소리 지르는 걸 들은 것 같았다. 그 후 남자들은 떠났다. 지프가 멀어지는 소리가 오래도록 어둠 속을 울렸다. 아메드는 아지즈를 껴안고 있다가 겨우 잠들었다.

다음날 아지즈가 아메드에게 말했다.

– 눈치 못 챘어? 주위에 들리는 소리도 더 이상 똑같지 않고, 뭔가 나쁜 일이 일어날 것처럼 조용해.
– 너 아팠잖아, 그래서 자꾸 그런 상상을 하는 거야.

하지만 아메드는 아지즈의 말이 맞다는 걸 알고 있었다. 방 창문 너머로 어머니의 모습이 보였다. 아메드는 어머니를 불렀다. 어머니는 멀어졌다. 아메드는 어머니가 울고 있다고 생각했다. 어머니는 아마릴리스 밭 뒤로 사라졌다. 할머니가 1년 전에 심은 꽃들이었다. 꽃밭은 이제 거대해졌다. 활짝 핀 아마릴리스 꽃들이 빛을 삼켰다. 아메드와 아지즈는 1층으로 내려갔다. 어머니는 아침 식사를 준비하지 않았다. 아이들은 잠을 자지 않아서 피곤한 아버지의 얼굴을 보았다. 아버지는 부엌 바닥에 앉아 있었다. 혼자 거기에서 뭘 하고 계셨던 걸까? 아버지가 부엌 바닥에 앉아 있는 모습을 본 건 이때가 처음이었다.

　– 배고프니?
　– 아니요.

　하지만 아이들은 배가 고팠다. 아버지 옆에는 천 가방 하나가 있었다.

　– 이건 뭐예요? 지프 사람들이 잊어버리고 놓고 간 거예요?
　아지즈가 물었다.

　– 잊어버린 게 아니야.
　자헤드가 말했다.

　그는 아들들에게 곁에 와 앉으라고 손짓했다. 그러고는 기관총을 든 남자에 대해 이야기했다.

"그 사람은 중요한 사람이야. 옆 마을에서 왔지. 이름은 술라예드야. 그 사람이 아빠한테 진심을 다해 얘기했어. 할아버지와 할머니의 부서진 집을 꼭 보여 달라고 했어. 그 사람은 할아버지와 할머니 영혼이 안식을 찾도록 기도할 거야. 그 사람은 믿음이 깊은 사람이야. 교육 받은 사람이지. 차를 다 마시고 그 사람이 내 손을 잡았어. 나에게 이렇게 말했단다.

당신의 집은 이렇게나 평온하군요! 눈을 감으면 오렌지밭 향이 나를 사로잡네요. 당신 아버지 무니르는 평생을 이 척박한 땅에서 일했어요. 이곳은 사막이었잖아요. 신의 도움으로 당신 아버지는 기적을 이뤘어요. 모래와 돌밖에 없던 곳에서 오렌지가 자라나게 했어요. 내가 당신 집에 기관총을 들고 왔다고 해서 내게 시인의 눈과 귀가 없다고 생각하지 마세요. 나는 무엇이 옳고 좋은지 보고 듣습니다. 당신은 인정 많은 사람이에요. 당신의 집은 깨끗해요. 모든 것이 제자리에 있어요. 당신 아내의 차는 맛있습니다. 차는 너무 달거나 너무 달지 않은 그 사이에서 마시는 거라고 사람들은 말합니다. 당신 아내의 차는 딱 그 중간이에요. 당신 아버지 집과 당신 집 사이를 흐르는 개울도 정확히 가운데로 흐르죠. 도로에서 가장 먼저 눈에 들어오는 것이 바로 한가운데를 흐르는 개울의 아름다움이에요. 자헤드, 당신 아버지는 이 고장에서는 잘 알려진 분이셨어요. 정의로운 사람이었죠. 정의로운 사람만이 얼굴 없는 이 땅을 천국으로 변화시킬 수 있어요.

새들은 천국을 알아볼 수 있죠. 천국이 산 그림자 속에
숨어 있어두 새들은 바로 찾아내요. 자헤드, 지금 노래하는
새들의 이름을 압니까? 역시 모르겠죠. 새들은 너무 많고
새들의 노래는 너무 섬세하니까요. 날갯짓으로 사프란색
섬광을 분출하는 새들이 창밖으로 보여요. 그 새들은 아주
멀리서 왔어요. 지금, 그 새들의 선명한 색깔들이 방금
당신이 부모님을 묻고 온 오렌지 밭의 색과 섞이고 있어요.
그리고 이 새들의 노래는 축복처럼 울리죠. 그렇지만
이름 없는 저 새들이 당신의 고통을 줄여 줄 수 있을까요?
새들이 당신의 애도에 다른 이름을 줄 수 있을까요?
아니요. 복수가 당신 애도의 이름이에요. 자헤드, 이제 내
말 잘 들어요. 이웃 마을에서도 다른 집들이 파괴됐어요.
많은 사람들이 미사일과 폭탄 때문에 죽었어요. 우리의
적은 우리 땅을 점령하길 원해요. 그들은 우리 땅을
점령해서 집을 짓고 그들의 여인을 임신시키려고 해요.
우리 마을들을 침략하고 나면 큰 도시들까지도 점령할 수
있어요. 우리 여인들을 죽일 거예요. 우리 아이들을 노예로
삼겠죠. 그렇게 되면 우리나라는 끝이에요. 우리의 땅을
그들의 발걸음과 침으로 더럽힐 겁니다. 신께서 그런 신성
모독을 허락하실 거라 믿어요? 자헤드, 그렇게 생각해요?

그래, 술라예드가 나에게 이런 얘기를 했단다."

아메드와 아지즈는 움직일 수도, 그 어떤 말을 할 수도
없었다. 아버지가 자신들에게 이렇게 오랫동안 이야기를

한 적은 없었다. 자헤드는 일어섰다. 그리고 그곳에서 몇 발자국을 뗐다. 아메드가 아지즈에게 속삭였다.

"아빠가 곰곰이 생각하고 있어. 저렇게 걸을 때는 아빠가 곰곰이 생각하고 있다는 거야."

한참 후, 자헤드는 지프를 타고 온 사람들이 남긴 가방을 열었다. 가방 안에는 이상하게 생긴 벨트가 있었고, 자헤드는 그 벨트를 풀었다. 벨트가 너무 무거워서 두 손으로 들어올려야 했다.

아버지가 다시 아들들에게 말했다.

"이건 술라예드가 가져온 거야. 처음에는 나한테 뭘 보여 주는 건지 잘 몰랐었어. 할림이 벨트를 찼지. 바로 그제야 그 사람들이 왜 나를 만나러 왔는지 알게 됐어. 너희 엄마가 들어왔어. 차를 좀 더 가져왔었거든. 엄마는 할림을 보고 소리 질렀어. 쟁반을 떨어뜨리고 말았지. 찻주전자가 바닥에 떨어졌어. 잔 하나는 깨졌고. 난 너희 엄마한테 그걸 다 치우고 차를 다시 가져오라고 했어. 술라예드에게 사과를 했지. 너희 엄마는 소리 지르지 말았어야 해."

아지즈는 벨트를 만져 보고 싶어 했다. 아버지는 그런 아지즈를 밀어냈다. 그는 벨트를 가방에 다시 넣고 부엌

을 나갔다. 아메드와 아지즈는 아버지가 오렌지 밭으로
사라지는 모습을 창문으로 바라보았다.

타마라는 남편과 자주 얘기하는 편은 아니었다. 사실 그녀는 습관적인 말다툼보다 침묵을 더 좋아했다. 두 사람은 신과 남자들이 보는 앞에서 사랑을 하는 것처럼 서로를 사랑했다.

타마라는 먼저 잠이든 남편 옆으로 가기 전에, 종종 정원에 갔다. 장미꽃밭 앞에 놓인 긴 의자에 앉아 축축한 땅에서 올라오는 진한 냄새를 들이마시곤 했다. 곤충들의 음악에 푹 빠진 채, 고개를 들고 눈으로 달을 찾기도 했다. 그녀는 오랜 친구를 만나러 온 듯 달을 쳐다보았다. 어떤 밤에는 달을 보면 하늘의 살에 남겨진 손톱자국이 떠오르기도 했다. 무한함 앞에 혼자인 듯한 그 순간이 좋았다. 아이들은 자고 있었다. 남편은 방에서 기다리고 있었고, 그녀는 마치 미지의 세계를 위해 빛나는 하나의 별처럼 존재했었다. 타마라는 하늘을 바라보면서 혹시 달이 죽음의 욕망을 느낀 적이 있는지, 밤의 앞면에서 영원히 사라지려는, 그리고 인간들을 달빛의 고아로 만들려는 욕망을 느껴봤는지 궁금해했다. 태양의 빛에서 빌려온 그 가엾은 빛을 말이다.

타마라는 별이 빛나는 하늘 아래에서는 신에게 말하는 것이 두렵지 않았다. 남편보다 신을 더 잘 아는 것 같은 느낌이었다. 그녀가 속삭이는 말들은 개울물 소리 속으로 사라졌다. 그런데도 타마라는 그 말들이 그분에게까지 닿으리라는 희망을 품고 있었다.

지프를 타고 온 남자들이 돌아가려고 할 때, 자헤드는 그들에게 오렌지를 주겠다고 고집하며 부인에게 큰 바구니 두 개를 채우도록 도와 달라고 했다. 부인은 거절했다. 그날 저녁 타마라는, 밤의 적막 속에 앉아 있기를 좋아하던 그 벤치에 평소보다 더 오래 있었다. 하지만 혀를 뜨겁게 태우던 그 말들을 감히 내뱉지 못했다. 기도 역시 이번 만큼은 조용했다.

"당신의 이름은 위대하고, 제 마음은, 그 위대한 이름을 모두 담기에는 너무 작습니다. 저 같은 여자의 기도로 무엇을 하시겠습니까? 제 입술은 당신 이름 첫음절의 그림자에 겨우 닿을까 말까 합니다. 그러나 사람들은 당신의 마음이 당신의 이름보다 더 위대하다고 말합니다. 당신의 마음이 얼마나 크든 간에, 저 같은 여인은 제 마음 안에서 당신의 마음을 들을 수 있다고 합니다. 사람들이 당신에 대해 그렇게 이야기하고, 그들은 진실만을 말합니다. 그런데 왜 시간이 제 일을 못 하는 나라에서 살아가야 하는 건가요? 그림은 벗겨질 시간이 없고, 커튼은 누렇게 변할 시간이 없고, 접시는 이가 빠질 시간이 없습니다. 물건들은 제 시간을 보내는 법이 없고, 살아 있는 이들은 늘 죽은 이들보다 느립니다. 우리나라의 남자들은 자신의 아내보다 더 빨리 늙습니다. 그들은 담뱃잎처럼 말라갑니다. 뼈를 제자리에 붙들고 있는 것은 바로 증오입니다. 증오가 없다면 그들은 먼지 속으로 쓰러져 다시는 일어설 수 없을 겁니다. 바람이 그들을 돌풍 속으로 사라지게 하겠죠. 한밤에 울리는 부인들의 탄식 소리만이 남을 겁니다. 제 말 좀 들어보세요. 저는 아들이 둘 있습니다. 하나는 손이고, 다른 하나는, 주먹입니다. 하나가 가지면, 다른 하나가 줍니다. 어떤 날은, 이 아이, 또 어떤 날은, 다른 아이입니다. 간절히 부탁드립니다. 이 두 아이를 제게서 데려가지 마세요.”

그날 저녁 타마라는 이렇게 기도했다. 남편이 지프를 타고 온 남자들에게 오렌지 바구니 두 개를 채워 보내라는 부탁을 하던 바로 그날 저녁이었다.

마을 학교가 폭격으로 부서진 뒤부터, 타마라는 임시 선생님이 됐다. 매일 아침 부엌에서 밑바닥이 까매진 큰 냄비들 옆에 아이들을 앉히고, 자신의 새로운 역할에서 오는 확실한 행복을 누렸다. 학교 위치를 새로 정하면 되는 문제였지만, 마을 사람들 중 그 누구도 장소에 동의하지 못했다. 그래서 몇 달 동안을 집마다 각자가 할 수 있는 대로 버티고 있었다. 아메드와 아지즈는 불평하지 않았다. 신선한 박하 다발과 마늘쪽 꾸러미가 천장에 걸려 있는 부엌의 냄새와 함께하는 것을 좋아했다. 실력이 늘기까지 했다. 아메드는 쓰기를 더 잘하게 됐고, 아지즈는, 입원을 했었음에도 불구하고, 더 열심히 구구단을 외웠다.

아이들에게는 더는 공부할 책이 없었기 때문에, 어느 날 아침 타마라는 포장지를 주워 와 공책을 만들 생각을 하게 됐고, 부엌의 꼬마 작가들은 그 요상한 책의 구겨진 페이지를 자신들의 이야기로 검게 채웠다. 아이들은 빠르게 놀이에 적응했다. 아메드는 새로운 인물까지 만들어내 불가능한 모험을 하게 하기도 했다. 이 인물은 먼 행성들을 탐험하고, 사막에 터널을 뚫고, 해저 생명체를 쓰러뜨렸다. 아메드는 그를 도디라 불렀고, 하나는 아주 작고 하나는 아주 큰 두 개의 입으로 그를 꾸며 주었다. 도디는 곤충이나 미생물들과 소통할 때는 작은 입을 사용했다. 큰 입은 자신이 용맹하게 맞서 싸우는 괴물들을 겁줄 때 사용했다. 하지만 도디는 두 입을 동시에 사용해서 말을 하기도 했다. 그래서 그가 내뱉는 말들은 우스꽝스럽게 변형됐고, 새로운 단어들과 울퉁불퉁한 문장들을 만들어내서 풋내기 꼬마 작가들을 웃게 했다. 타마라도 그 이야기를 무척 즐겼다. 그러나 폭격의 밤, 그리고 할아버지와 할머니의 죽음 이후, 아이들의 임시 공책은 슬프고 잔인한 이야기만 말하게 됐다. 그리고 도디는 벙어리가 됐다.

  지프를 타고 온 남자들이 다녀가고 일주일 뒤, 멀리서 자헤드의 목소리가 부엌까지 들려왔다. 아메드와 아지즈는 열의 없이 공책에 공부를 하고 있었다. 그는 잡초를 뽑고, 물을 주고, 모든 나무를 살펴보느라 하루에 열두 시간을 보내는 오렌지 밭에서 아이들을 불렀다. 하지만 그 때는 자헤드의 쉬는 시간이 아니었다. 아메드와 아지즈는 연필을 내려놓고, 아버지가 왜 불렀는지 궁금해하며 아버지에게로 뛰어갔다. 타마라가 집에서 나왔다. 자헤드는 타마라에게도 오라고 손짓했다. 그녀는 고개를 흔들고는 집 안으로 다시 들어갔다. 자헤드는 아들들 앞에서 타마라에게 욕을 했다. 지금까지는 그런 적이 없었다. 아메드와 아지즈는 아버지가 낯설었다. 하지만 이야기를 시작한 아버지의 목소리는 평소보다 한층 침착했다.

"아들들아, 빛이 얼마나 깨끗한지 한번 보렴. 고개를 들어 봐. 한번 봐, 하늘에 단 하나의 구름만 떠 있어. 구름은 아주 높고 천천히 늘어나고 있지. 몇 초 후면, 저 구름은 창공에 녹아 버린 하나의 선이 될 거야. 한번 보렴. 보이니, 구름이 더 이상 존재하지 않아. 모든 게 파래. 이상하지. 오늘은 산들바람이 불지 않아. 멀리 보이는 산이 꿈을 꾸는 것 같구나. 파리들까지 윙윙거리길 멈췄어. 우리 주위에는 오렌지나무들만 고요히 숨을 쉬고 있어. 왜 이토록 많은 고요함과 아름다움이 있는 걸까?"

아메드와 아지즈는 아버지의 갑작스러운 질문에 뭐라고 대답해야 할지 몰랐다. 자헤드는 아이들 손을 잡고, 부모님을 묻은 밭 끄트머리로 데려갔다. 그러고는 타는 듯 뜨거운 땅 위에 아이들을 앉혔다.

"이것 봐, 할아버지와 할머니가 평화롭게 쉬고 있다고 무덤이 말하고 있는 것 같지 않니. 무슨 잘못을 하셨다고 이런 끔찍한 죽음을 맞으신 걸까? 아버지 얘기 들어 봐. 그날 술라예드와 함께 왔던 사람의 이름은 카말이야. 할림의 아버지란다."

아메드와 아지즈는 여전히 아무 말도 하지 않고 있었다.

"할림. 너희도 알지? 대답하고 싶지 않니? 너희들이 할림을 알고 있는 것 알아. 그날 저녁 술라예드가 말을 마치자 할림의 아버지 카말이 이야기하기 시작했어. 목소리가 술라예드만큼 단호하지는 않았지. 그가 내게 말했단다.

자헤드, 당신 앞에는 큰 죄인이 있어요. 나는 당신과
함께할 자격이 없죠. 술라예드가 말했듯이 당신은,
오래전부터 집 밖으로까지 명성이 자자했던 당신 아버지
무니르의 훌륭한 아들이니까요. 당신 아버지가 두 손으로
일구신 것을 성공시키려면 신과 조화를 이뤄야 해요.
부서진 그의 집을 보니 어찌나 안타까운지요. 너무 큰
치욕이에요. 너무 큰 고통이에요. 이 가엾은 죄인의 미천한
기도를 받으세요. 저는 가슴을 칩니다. 부모님의 영혼을
위해 기도할게요.

그러고는 카말이 주먹으로 자기 가슴을 세 번 쳤어. 이렇게 말이야."

자헤드는 아들들 앞에서 카말의 행동을 따라해 보였다.

"카말은 내게 다시 말했어.

자헤드, 신께서는 당신을 두 번 축복했어요. 기뻐하세요.
신께서 당신 아내의 배 속에 서로 닮은 두 아들을
두셨어요. 내 아내는 우리의 하나뿐인 아들을 낳다가
죽었어요. 할림은 신께서 내게 주신 가장 소중한 것이에요.
하지만 난 할림을 때렸어요. 보세요, 아직 얼굴에 자국이
남았죠. 할림이 내게 자기 결정을 알렸을 때, 난 그 애를
때렸어요. 눈을 감고 벽을 치듯 때렸어요. 내가 눈을 감은
건 낮의 빛 속에서 아들을 때릴 수는 없었기 때문이에요.
눈을 뜨자 피가 보였어요. 눈을 감고 더 세게 쳤어요. 눈을
떴어요. 할림은 움직이지 않았어요. 할림은 내 앞에 똑바로
서 있었고 그 애의 눈에는 붉은 눈물이 고여 있었어요.
신께서 나를 용서하시기를. 나는 비참한 죄인일 뿐이에요.
이해할 수 없었어요. 난 그 애의 결심을 이해하고 싶지
않았어요.

"지금은 아들의 결정을 이해합니까?"라고 술라예드가
카말에게 말하고는 지프에 벨트를 가지러 갔어.

　술라예드가 자리를 비운 사이, 할림이 내게 몸을 기울
이고는 무슨 비밀이라도 밝히듯 이야기했어.

자헤드, 들어보세요. 술라예드를 만나기 전까지 저는
어머니를 저주해 왔어요. 제가 어머니와 함께 죽지
않았다는 사실에 어머니를 저주했죠. 왜 아직 제 이름을
찾지 못한 나라에 태어난 걸까요? 저는 제 어머니를

알지 못했고 내 나라도 결코 알지 못할 거예요. 그런데
술라예드가 제게로 왔어요. 어느 날 그가 제게 말했죠.
이렇게 말했어요. '난 네 아버지를 알아, 장화 밑창을
갈려고 아버지의 가게에 갔었지. 카말은 좋은 장인이야.
일을 잘하지. 일한 만큼 정확한 값을 요구했어. 하지만
그는 불행한 사람이야. 그리고 아들인 너는 네 아버지보다
더 불행해. 할림, 신의 이름을 말하는 것만으로는 충분하지
않아. 네가 기도하는 동안 널 지켜봤다. 너의 힘은 어디에
있지? 왜 형제들과 함께 엎드리고 신의 이름에 간청하러
오는 것이지? 네 입술은 네 마음처럼 비었어. 누가 네
불행을 원하지, 할림? 말해 봐, 누가 네 불평으로 득을
보지? 넌 벌써 열다섯 살인데 너는 신께서 네게 주신
이 인생에서 아무것도 하지 않았어. 내 눈에 넌 우리의
적들보다 나은 게 없어. 너의 나약함은 우리를 연약하게
만들고 우리를 부끄럽게 해. 너의 분노는 어디에 있지?
난 들리지 않는구나. 들어 봐 할림. 우리의 적들은 개
같은 놈들이야. 그들은 우리와 닮았어, 믿어지니? 그들은
인간의 얼굴을 하고 있기 때문이야. 하지만 그건 착각이야.
조상들의 눈으로 그들을 바라보면 그들의 얼굴이
실제로는 어떤지 알게 될 거야. 그 얼굴은 우리의 죽음으로
만들어졌어. 적의 얼굴 하나에서 천 배에 이르는 우리의
전멸을 볼 수 있어. 절대로 잊지 마. 네 피 한 방울, 한
방울은 적 천 명의 얼굴보다 소중하다는 걸.'

술라예드가 벨트를 가지고 돌아왔을 때는 침묵이 밤을

점령했어.”

자헤드는 오렌지나무의 얇은 그늘 아래 앉아서 자신의
말을 듣고 있던 두 아들에게 이렇게 말했다.

아버지의 이야기에 몹시 놀란 아메드와 아지즈는 오렌
지 밭에서의 삶이 이제는 예전과 같지 않으리라는 사실을
깨달았다. 말을 아껴 왔던 자헤드가 아이들에게 이토록
심각하게 이야기한 것은 며칠 새 벌써 두 번째였다. 자헤
드는 힘겹게 일어나 담배에 불을 붙였다. 그는 천천히 담
배를 태웠고, 한 모금 뱉을 때마다 머릿속에서 무겁고 고
통스러운 생각들을 굴리는 것처럼 보였다.

담배를 눌러 끄며 자헤드가 갑자기 말했다.

“할림은 죽게 될 거야. 정오에, 해가 중천에서 빛날 때,
할림은 죽게 될 거야.”

자헤드는 아들들 옆에 앉았고, 세 사람은 정적 속에서
태양이 정확히 자신들의 머리 위에 올 때까지 기다렸다. 정
오가 되자, 자헤드는 아들들에게 태양을 보라고 했다. 아
이들은 아버지의 말대로 했다. 처음에 아이들은 눈을 찡그
렸다. 그러다 곧 눈을 뜰 수 있었다. 아이들의 눈은 눈물로
젖어 있었다. 아버지는 아이들보다 오래 태양을 응시했다.

"할림은 지금 태양 근처에 있어."

– 왜요?
아지즈가 물었다.

– 옷을 입은 개들. 우리의 적들은 옷을 입은 개들이야.
그들은 우리를 둘러싸고 있어. 남쪽에는 돌 벽을 세워서
우리의 도시들을 가둬놨지. 바로 그곳으로 할림이 떠났
다. 할림은 국경을 건넜어. 술라예드가 할림에게 어떻게
해야 하는지 설명해 줬어. 할림은 비밀 터널을 통해서 갔
어. 그러고 나서 만원 버스에 탔지. 정오에, 자기를 폭발시
켰어.
– 어떻게요?
– 폭탄 벨트로 말이다, 아지즈.
– 우리가 봤던 그런 거요?
– 그래, 아메드, 너희가 가방에서 본 그 벨트야. 내 말 잘
들어 봐, 술라예드는 떠나기 전에 내게 다가와서 귀에 무
언가를 속삭였어. 내게 이렇게 말했지. "당신은 아들이 둘
있죠. 당신의 아들들은 북쪽으로 우리나라를 막아주는 산
기슭에서 태어났어요. 당신의 어린 아들들만큼 이 산의 비
밀들을 잘 아는 사람은 없어요. 아이들이 산의 반대편으로
가는 방법을 찾아낸 적 없나요? 가 본 적 있죠, 안 그래요?
제가 그걸 어떻게 아는지 궁금할 겁니다. 할림이 말해줬어
요. 당신 아들들이 할림에게 직접 그 얘기를 했고요."

그 말을 하면서 자헤드는 갑자기 아이들의 목을 움켜잡았다. 오른손으로는 아메드를, 왼손으로는 아지즈를 잡았다. 그는 아이들을 땅에서 들어올렸다. 미친 사람 같았다. 아메드와 아지즈는 땅이 흔들리기 시작하는 건 줄 알았고 그래서 주변에 있던 수천 개의 가지에서 오렌지들이 떨어질 것처럼 느껴졌다.

아버지가 절규했다.

"그게 사실이야? 할림에게 무슨 이야기를 한 거야? 스스로를 폭탄으로 터뜨린 아이에게 너희들이 대체 무슨 소리를 한 거야?"

놀라서 아무 말도 할 수 없던 아메드와 아지즈는 울기 시작했다.

그날 저녁, 자헤드는 아이들의 방으로 갔다. 아이들은 이미 잠들어 있었다. 그는 아이들에게로 몸을 숙였다. 희미한 빛 속에서 그의 몸은 형체가 없는 덩어리처럼 보였다. 그는 아주 낮은 목소리로 말했다. 아이들에게 자고 있는지 물었다. 아이들은 대답이 없었다. 하지만 아이들은 자고 있지 않았다. 자헤드는 계속해서 속삭였다.

"애들아, 신께서는 내 마음속에 무엇이 있는지 알고 있어. 너희도 알고 있지. 너희들은 늘 나를 자랑스럽게 만들었어. 너희들은 용감한 아들들이야. 할아버지와 할머니 집으로 폭탄이 떨어졌을 때, 너희들은 무척 용감했어. 엄마도 너희를 아주 자랑스러워 해. 그런데 엄마는 우리나라에서 일어나는 일에 대해서는 알고 싶어 하지 않아. 엄마는 우리를 노리고 있는 위험을 보고 싶어 하지 않아. 엄마는 너무 불행해. 술라예드가 갈 때 인사도 하지 않았어. 술라예드는 중요한 사람이야. 엄마가 그를 모욕했어. 그러면 안 됐는데. 술라예드는 다시 올 거야, 알겠니, 너희들과 얘기하러 다시 올 거야. 이제 자라."

자헤드는 아메드의 이마에 입을 맞췄다. 그러고 병원에서 그랬던 것처럼, 아지즈의 이마에도 입을 맞췄다. 그가 방에서 나간 뒤, 방에는 그의 체취가 남았다.

자헤드의 말이 맞았다. 술라예드는 금방 다시 왔다. 아메드는 지프 소리를 곧바로 알아챘다. 아메드가 집에서 뛰어나갔다. 술라예드가 아메드에게 오라고 손짓했다. 이번에는 혼자였다. 그는 아메드에게 물었다.

　– 네가 아메드니, 아지즈니?
　– 저는 아메드예요.
　– 아메드, 그럼 가서 아지즈를 데려와라. 너희 둘 모두에게 할 말이 있어.

　아메드는 집으로 돌아갔다. 아지즈는 아직 일어나지 않았다. 어머니가 아팠던 아지즈를 계속 자게 내버려 두었기 때문이다. 아메드가 아지즈를 흔들어 깨웠다.

　"어서, 옷 입어. 술라예드가 다시 왔어. 우리한테 할 말이 있대."

42

아지즈는 큰 눈을 하고 놀라서 눈썹을 치켜떴다. 그 모습이 꼭 강아지 같았다.

　– 내가 한 말 들었어? 얼른 움직여! 밑에서 기다릴게.
　– 갈게.
　여전히 반쯤 잠든 아지즈가 중얼거렸다.

　몇 분 후, 아메드와 아지즈는 흥분과 경계심이 섞인 마음으로 지프에 다가갔다.

　"뭘 기다리고 있어, 올라타. 무서워 마라, 너희들을 잡아먹지는 않을 테니까."

　술라예드가 입가에 미소를 띠고 말했다.

　그는 아이들이 곁에 앉을 수 있게 기관총을 뒷자리로 옮겨 자리를 만들었다. 지프가 출발했을 때, 아메드는 오렌지 밭에 있던 아버지를 발견했다. 아버지는 길가로 와서 지프가 멀어지는 모습을 바라보았다.

　술라예드는 빠르게 차를 몰았다. 아이들은 좋아했다. 아지즈는 술라예드와 아메드 사이에 앉았다. 아무도 말을 하지 않았다. 그들은 도로를 벗어나 산으로 이어지는 흙길로 접어들었다. 바람이 윙윙 불었다. 먼지가 일어나 눈을 따갑게 만들었다. 아이들은 동물 사체를 발견했다. 술라예드가 핸들을 돌려 피했다. 아메드가 그 동물이 뭐였는지 술라예드에게 물었다. 술라예드는 어깨를 으쓱해 보였다. 몇 분 뒤, 지프는 급정거했다. 더 멀리는 갈 수가 없었다. 앞에는 산이 우뚝 솟아 있었고, 산의 푸른 형체가 지평선을 가로막고 있었다. 술라예드가 지프에서 내렸다. 그는 몇 발자국 걸어갔다.

"뭐 하는 거지?"

아메드가 아지즈에게 낮은 목소리로 말했다. 갑자기 물소리가 들렸다. 아지즈가 웃음을 참으며 말했다.

"방광을 비우고 있어."

아이들에게는 길게 느껴졌던 순간이 지나고, 술라예드가 돌아와 지프에 앉았다. 그는 담배에 불을 붙였다. 담배를 깊게 빨아들이고 나서 가까이에 있는 산을 가리켰다.

"오래전에, 이곳에 오곤 했었어. 내가 너희 나이였을 때야. 친구들 몇 명이랑 자전거로 산책을 했지. 자전거는 길가에 두고 두 발로 바위 사이를 탐험했어. 그 당시에는 아직 늑대가 있었지. 그런데 늑대들은 사라졌어. 이제는 뱀밖에 없어. 거대한 삼나무 밭도 있었어. 나무들은 웅장했

지. 지금은 이 주변에 몇 그루밖에 남지 않았지만. 저기 봐
봐, 저기에 한 그루 보인다. 저기 비탈 가까이에 보이지?
그래, 저건 내가 형제처럼 여긴 삼나무야. 2,000살도 넘은
나무인데, 내가 어렸을 때, 저 나뭇가지에 매달리고 나무
꼭대기까지 올라가는 게 정말 행복했지! 친구들 가운데
나 혼자만 성공했거든. 현기증이 났지만 두렵진 않았어.
마지막 가지에 잘 매달리고서는 몇 시간이고 벌판을 바라
봤다. 그 위에서는 마치 다른 사람이 된 것 같았어. 과거와
미래를 동시에 볼 수 있었지. 내 자신이 불멸인 듯, 닿을 수
없는 사람인 듯 느껴졌어! 고개만 돌리면 산의 두 사면을
바라볼 수 있었어. 하늘이 푸르른 날에 내 눈빛은 독수리
가 날개를 펼치는 것처럼 미끄러지듯 움직였지. 아무도 내
눈빛을 막을 수 없었어. 동쪽에는 너희 무니르 할아버지
의 노란 땅이 보였어. 난 너희 할아버지를 미친 사람 취급
했었어. 산의 이쪽에 나무를 심고 싶어 하다니! 욕도 했지.
그러는 게 무섭지도 않았어. 너희 할아버지가 내 목소리를
못 들을 걸 알고 있었거든. 저 나무 꼭대기에 앉아 있으면
아무도 내 목소리를 들을 수 없었어, 아무도!"

  술라예드는 이야기를 멈추고 비행기 한 대가 지나가는
소리를 들은 것처럼 하늘을 탐색했다. 하늘에는 아무것
도, 새 한 마리조차 없었다. 술라예드는 마지막으로 담배
를 한 모금 빨았다. 그러고 나서 손으로 담배꽁초를 튕겨
버리고는 기관총을 들었다. 그러더니 지프 안에서 일어서

서 삼나무 쪽으로 기관총을 쐈다. 기관총의 연속 사격 소리에 아이들은 숨이 멎을 정도로 놀랐다. 아이들은 지프 바닥에 딱 붙어 있었다. 술라예드는 무기를 던지고는 아이들의 아버지가 오렌지 밭에서 그랬던 것처럼 아이들의 목을 붙잡아 올렸다. 술라예드의 팔은 근육이 도드라졌다. 그의 몸은 강력한 힘을 뿜어내고 있었다.

자신감이 넘치는 목소리로 술라예드가 말했다.

"서쪽으로 눈을 돌렸을 때, 내가 아이의 눈으로 뭘 볼 수 있었는지 알아 맞춰 봐. 너희 할아버지가 손가락이 부러지도록 일했던 저 척박한 땅들 말고, 그건 말고! 너희들은 내가 저 위에서 뭘 봤는지 모를 거다! 서쪽에는 우리 조상들이 멋진 정원을 만들어 놨던 골짜기가 있었어. 천국이었지. 기적 그 자체라고 말할 수 있어! 길게 늘어선 유칼립투스나무들 뒤로 멀리 마을들이 보였어. 마을 사람들은 집 사이사이에 대추야자나무와 종려나무를 심었었지. 우리의 땅은 대양으로 뻗어 있는 거대한 산맥의 줄기들에까지 펼쳐져 있었어. 내 나무 꼭대기 자리에서, 난 대문호 나할의 시를 목청껏 읊었어.

천국은 물, 땅, 하늘
그리고 아무것도 막지 못하는 시선으로 이뤄졌다.
시선은 우주의 비밀스러운 재료.

절대로 죽이지 말라.

그런데 만약 네가 지금 저 병든 삼나무 위에 올라간다면, 뭐가 보일까? 아니면 너, 넌 뭐가 보일 것 같니, 말해봐."

술라예드는 형제 중 한 명의 어깨를 잡고 흔들었다.

"이런, 아무 대답도 안 하니? 지금은 뭐가 보일 것 같아?"

그는 아플 정도로까지 아이를 흔들었다. 아메드는 아무 말도 하지 않았다.

"입이 없어졌어? 그런 거야?"

아메드는 겁에 질렸다. 술라예드는 지프에서 나와서 몇 발자국을 걸었다. 그러고는 다시 아이들에게로 왔다. 그는 지프 바퀴를 힘껏 발로 찼다. 입술 끝에 약간의 거품이 일었다.

그는 씁쓸하게 소리쳤다.

"결국엔 너희 할아버지 무니르가 옳았어. 산의 좋은 쪽에 오렌지나무를 심었지! 어서, 지프에서 나와! 그렇게 쳐

다보지 마. 내가 왜 너희들을 이리 데려왔는지 잘 알고 있
잖아."

술라예드는 아이들을 지프 밖으로 밀어냈다. 아메드는
아지즈의 손을 잡았다. 자신의 손은 떨리고 있었다.

– 너희 이 장소 알지, 다 알고 있어. 폭격이 있기 전에 여
기에 오곤 했잖아. 여기에서 너희 자전거를 본 적도 있어.
너희들 여기에 왔었잖아, 아니야? 난 확신하는데. 그리고
난 그 이유도 안다. 할림에게 얘기했었잖아. 할림이 나한
테 말해 줬어.

– 우린 할림 형한테 아무 얘기도 안 했어요, 할림 형이
거짓말한 거예요.
아메드가 서둘러 대답했다.

술라예드는 비웃었다. 그는 아메드의 어깨에 두 손을 얹
었다.

"꼬마야, 무서워하지 마, 넌 아무 잘못도 안 했단다."

아메드는 그의 손을 벗어났다. 아이는 흙길을 향해 뛰기
시작했다. 술라예드는 다른 아이 쪽으로 몸을 돌렸다. 아
이에게 아메드인지 아지즈인지 물었다.

"전 아지즈예요."

그러자 그는 도망가던 아메드 쪽으로 돌아섰다. 아메드에게 소리쳤다.

"아메드, 아메드, 내 말 들어 봐, 할림이 너희들 연줄이 끊어졌던 날에 대해서 말해 줬어. 그날 무슨 일이 있었는지 알아. 신은 위대하시다. 그분이 너희 연줄을 끊으신 거야. 내가 하는 말 믿어라, 아메드! 정해진 대로 일이 벌어지게 하려고 그분이 줄을 끊으신 거야."

아메드는 달리기를 멈췄다. 술라예드는 아지즈의 손을 잡고 그를 형에게로 끌고 갔다. 셋은 어떤 바위 그늘에 앉았다.

– 너희는 여기에 연을 날리러 왔었어. 이 근방에 사는 아이들이라면 여기가 연날리기 제일 좋은 곳이라는 걸 다 알고 있어. 하지만 폭격 이후에는 더 이상 누구도 위험을 감수하면서까지 여기에 오려고 하지는 않지. 너희 둘은 위험을 감수하고도 여기에 왔어. 그리고 너희 연줄은 끊어졌고. 해방된 연은, 해안 너머로, 광대한 대양에 합류하고 싶어 했던 것처럼 날아갔어. 갑자기 바람이 멈췄지. 마법이라도 일어난 것처럼 말이야. 너희들은 연이 하늘에서 내려와 산 너머로 사라지는 것을 지켜봤어. 그러고서 너희들은

연이 세상에서 가장 소중한 물건이라도 된 양 연을 찾으러 떠났어. 종이와 바람! 너희 연은 정말 멋진 연이었겠지. 선명한 색들이 가득하고 말이야. 새나 용 모양 연이었을 수도 있고. 아니면 잠자리 모양?

　- 아녜요. 아녜요. 전혀 안 그래요. 우리 무니르 할아버지가 만들어 준 거였어요. 아저씨가 방금 말했던 것처럼 종이와 바람뿐이었다고요.
　아지즈가 말했다.

　- 그러고서 너희는 산을 올라갔어. 내 말이 맞지? 대답해 봐!
　- 연을 가지고 집으로 돌아가야 했어요, 안 그러면 아버지가 물어보실 테니까요.
　아메드가 설명했다.

　아지즈가 아버지의 목소리를 흉내 내며 대답을 이어갔다.
　- 맞아요. "연 어디서 잃어버렸어? 너희는 정말 생각이 없구나. 할아버지의 선물을 잃어버리다니! 대체 어디에 갔던 거야?"

　다시 아메드가 대답했다.
　- 아버지는 우리가 대답할 때까지 기다리셨을 거예요. 아버지에게 거짓말을 할 수는 없으니 사실대로 말해야 했

을 거예요.

　- 그렇지, 너희에게 생명을 주신 분에게 절대로 거짓말
하면 안 되지.

　- 우리가 여기까지 왔었다는 걸 아셨다면 아버지는 우
리를 죽였을지도 몰라요. 연을 가지고 돌아가야 했어요.
그래서 산을 올라가기 시작했어요. 산이 그렇게 높지는
않았어요. 그리고 꼭 유령처럼 바위 사이에 구불구불한
길이 있었고요. 쉽게 연을 쫓아갔어요. 우리는 웃음이 났
어요. 그렇게 높이 올라가서 저 아래에 있는 골짜기와 아
주 멀리 초록 점으로 보이는 오렌지 밭을 바라보니까 무
지 신났었거든요.
　아지즈가 말했다.

　- 높이 올라갈 용기가 있는 자는 자기 생을 한눈에 볼 수
있지. 자기 죽음도 말이야.

　술라예드는 이렇게 말하며 미소를 지었다. 그는 아이들
에게 담배를 주었다. 세 사람은 그늘이었지만 점점 뜨거
워지는 땅 위에 앉아서 담배를 피웠다. 술라예드의 목에서
땀이 반짝였다.

　- 어쨌든 너희 무니르 할아버지가 옳았던 거야. 산의 좋
은 쪽에 오렌지나무들을 심었잖아. 산의 다른 쪽에서는,

죽은 자들이 자신의 무덤에서 내쫓기지. 산 자들 역시 학살을 당해. 그들의 집은 부서지고. 밭과 정원은 다 없어져. 하루하루 우리의 적들은 우리 조상들의 땅을 갉아먹고 있어. 그들은 쥐새끼들이야!

술라예드는 담배를 깊게 빨아들였다.

– 자, 아메드, 그리고 너 아지즈, 산꼭대기에 올라갔을 때, 산 저편에서 뭘 봤니?
– 하늘의 다른 쪽이요. 저는 하늘의 다른 쪽을 봤어요. 끝이 없었죠. 마치 내 눈이 하늘보다 더 멀리 갈 수 없었던 것처럼요. 그러고 나서는 바람에 일어난 먼지들 속에서, 멀리 마을 하나가 보였어요, 이상한 마을이요.

아지즈가 대답했다.

– 그건 마을이 아니었어요. 마을처럼 생기지 않았어요. 끝부분마다 하늘로 불빛을 쏘는 탑들이 있었어요.

아메드가 정확하게 말했다.

– 너희가 본 건 군대 막사들이야. 철조망으로 둘러싸인 창고들을 본 거지. 그 안에 뭐가 있는지 알아? 우리의 죽음이야. 그들은 몇 년 전부터 우리의 죽음을 계획하고 있어. 하지만 신께서 너희의 연줄을 끊으셨고, 그래서 그들은 이제 자신들의 죽음을 창고에 넣어 두고 있는 거지.

아메드와 아지즈는 술라예드의 마지막 말을 이해하지 못했고, 그가 미쳐 가는 건 아닌지 궁금해지기 시작했다.

　– 너희들은 너희가 산 저편에서 뭘 보게 될지 알고 있었어. 누가 그걸 모르겠어? 우리는 오래전부터 전쟁 중이야. 너희 알고 있었잖아, 안 그래? 그래서 그걸 할림한테 이야기 한 거잖아.
　– 아니에요! 우리는 몰랐다니까요!
　– 거짓말하지 마!
　– 우리 형은 거짓말 안 해요! 형은 할림 형한테 우리 연이 산 너머로 날아가는 데 성공했다는 말밖에 안 했어요.
　아지즈가 일어서며 소리쳤다.

　– 그냥 할림 형한테 자랑하고 싶었을 뿐이에요. 할림 형은 우리 동네에서 최고로 연을 잘 날리니까요. 나는 나쁜 짓 아무것도 안 했어요.
　울음 섞인 목소리로 아메드가 덧붙였다.

　– 둘 다 내 말 들어 봐. 너희들이 알고 있었든 아니든 그건 중요하지 않아. 너희들이 실제로 할림한테 뭘 얘기했는지도 중요하지 않고. 중요한 건 그게 아냐. 그건 어린애 같은 행동일 뿐이지. 그 얘긴 더 이상 하지 말자. 그날 실제로 무슨 일이 있었는지 알고 싶어?

술라예드는 아이들의 대답을 기다리지도 않고 일어나
산 쪽으로 성큼성큼 걸어갔다.

"따라와!"

세 사람은 태양 아래에서 십분 남짓을 걸어 산기슭에 다다랐다.

  – 이쪽으로 산을 타고 올라가서 연을 찾아오려고 했던 거 같은데?
  – 네
  아지즈가 대답했다.

  – 바로 저기요.
  아메드가 더 정확히 말했다.

  – 내가 생각했던 대로구나.

  술라예드는 팔로 두 사내아이를 감쌌다.

“너희들이 한 발짝씩 내디딜 때마다, 지뢰를 밟을 뻔했다는 걸 몰랐구나. 몰랐지, 그렇지?"

술라예드는 아이들의 머리를 쓰다듬었다.

"기적. 바로 그날 실제로 일어났던 일이다. 신께서 너희의 연줄을 끊으시고 신께서 산에서 너희들의 발걸음을 이끄셨어."

그들은 아무 말 없이 도로로 돌아왔다. 아지즈는 술라예드가 줬던 담배 때문에 토할 것 같았다.

술라예드는 지프에 돌아와서 한바탕 크게 웃었다. 그는 자기 발밑에 널브러져 있던 물병 하나를 주웠다. 물병은 반쯤 차 있었다. 그는 물병을 열고는 병 속에 든 것을 자기 머리에 부었다. 물은 그의 머리카락과 수염 위로 흘러 셔츠를 적셨다. 그의 웃음은 아이들을 무섭게 했다. 술라예드는 아이들에게로 돌아서서 크게 미소 지어 보였다. 하얀 치아는 티끌 하나 없이 아름다웠다. 그가 시동을 걸었다. 아메드는 자기도 목이 마르다는 말을 차마 하지 못했다. 혹시 또 다른 물병은 없는지 찾아보았다. 다른 물병은 없었다. 술라예드는 올 때보다 더 빠르게 차를 몰았다. 그는 지프 소리와 바람 소리 사이에서 아주 큰 소리로 말했다.

"너희들이 어떤 일을 해냈는지 이제 알겠어? 그 이상한 마을까지 가는 길을 너희들이 찾아낸 거야. 너희들이 유일하게 해냈어. 그 길을 찾아내려고 시도했던 모든 사람들은 지뢰 때문에 잘게 찢겼어. 며칠 뒤에 너희 중 한 사람은 그곳으로 다시 갈 거야. 아지즈 너, 아니면 아메드 너. 너희 아버지가 결정하실 거다. 선택된 사람은 폭탄 벨트를 차게 될 거야. 그 이상한 마을까지 내려가서 그 마을을 영원히 사라지게 만드는 거야."

술라예드는 떠나기 전 아이들에게 또다시 말했다.

"신께서 너희들을 선택하셨어. 신께서 너희들을 축복하셨다."

아메드는 집 안으로 피신했다. 아지즈는 지프가 떠나며 만든 자욱한 먼지를 오래도록 바라보았다.

아이들이 술라예드가 다시 오기를 기다리기 시작하면서, 시간은 이상하리만치 느리게 흘러갔다. 일 분은 마치 밀가루 반죽으로 만들어진 것처럼 길게 늘어났다. 형제 중 한 명은 전쟁을 하러 떠나 술라예드가 이상한 마을이라 불렀던 군대 막사들을 폭파시키게 될 것이다. 아이들은 끊임없이 그 얘기를 했다. 아버지는 누구를 선택하게 될까? 왜 이 아이가 아닌 다른 아이일까? 아지즈는 자기 없이 절대 아메드를 떠나게 하지 않겠다고 맹세했고, 아메드 역시 같은 약속을 했다. 아직 어린 나이였지만, 그들은 술라예드가 자신들에게 준 영광을 인지하고 있었다. 그들은 돌연 진짜 전투원이 되었다.

아이들은 시간을 보내려고 오렌지 밭에서 폭탄을 폭발시키는 놀이를 했다. 아지즈는 아버지의 오래된 벨트를 하나 훔쳐서 모래로 가득 채운 작은 통조림 캔 세 개를 달았다. 그들은 미래의 순교자의 살갗에 벨트를 두르며 차례

대로 벨트를 찼다. 오렌지나무들도 아이들과 함께 전쟁에 참여했다. 조그만 수상한 소리에도 자신의 폭탄 열매를 발사할 준비가 된 오렌지나무들은 적군들의 끝없는 행렬로 변신했다. 사내아이들은 무릎이 까지도록 기어서 적군들 사이로 잠입했다. 오래된 끈으로 만든 뇌관을 작동시키는 순간, 나무들은 폭발의 영향으로 뿌리째 뽑히고 수천 조각으로 나뉘어 하늘까지 솟구쳤다가 잘게 잘린 나무 몸통 위로 떨어졌다.

아메드와 아지즈는 운명의 순간에 있을 충격을 상상해 보려고 했다.

- 아플 거 같아?
- 아니, 아메드.
- 확실해? 그럼 할림 형은?
- 할림 형이 뭐?
- 지금쯤 할림 형의 작은 조각들이 사방에 다 퍼져 있을 거잖아.
- 그렇겠지.
- 그게 문제가 될까?
- 뭐가 문제가 돼?
- 천국에 올라갈 때.
- 잘 생각해 봐 아메드. 땅 위에서 일어나는 일은 중요하지 않아. 진짜 할림, 완전한 할림은 이미 천국에 있는 거야.

- 나도 그렇게 생각해, 아지즈.

- 그런데 왜 걱정하는 거야?

- 아무것도 아니야. 어제, 꿈을 꿨거든. 아버지가 날 선택했어. 그래서 떠나기 전에, 내가 너한테 내 노란 트럭을 줬어.

- 무슨 노란 트럭?

- 내 꿈에서 나온 거.

- 너 노란 트럭 가지고 있던 적 없잖아.

- 꿈에서는 하나 가지고 있었어. 그걸 너한테 줬고. 그리고 벨트와 함께 떠났지.

- 나는?

- 뭐?

- 네가 벨트를 가지고 떠날 때 나는 뭐 하고 있었는데?

- 너는 노란 트럭을 가지고 놀았어.

- 네 꿈은 엉터리야, 아메드.

- 네가 엉터리지.

두 형제는 조용히 서로를 오래도록 바라보았다. 각자가 서로의 생각을 알아맞히려고 했다. 아지즈는 아메드의 눈빛 속에서 눈물이 차오르는 것을 보았다.

- 아지즈, 너도 가끔 목소리가 들려?

- 그게 무슨 말이야?

- 네 머릿속에서 말하는 목소리들.

– 아니, 아메드.
– 한 번도 없었어?
– 한 번도 없었어.
아메드는 아지즈의 대답에 실망했다.

　처음에 아메드는 모든 사람이 머릿속에서 울리는 목소리를 듣는 줄 알았다. "이런 식으로 일이 돌아가는 거구나……." 하지만 시간이 지나면서, 아메드는 이 세상에서 이런 현상을 겪으며 사는 게 자기 혼자일 수도 있겠다는 결론에 이르렀다. 주변 사람 중 아무도 이런 일이 있을 수 있다고 얘기해 주지 않았다. 딱 한 번, 아메드는 용기를 내서 할머니에게 이야기한 적이 있지만, 그 목소리들이 예고 없이 만들어내는 이상한 말들에 대해서는 말하지 못했다. 목소리들은 기이한 소리들을 늘어놓거나, 단어들을 뒤집어 놓거나, 방금 자신이 한 말이나 아지즈, 엄마가 전날 말했던 문장을 끊임없이 반복했다. 아메드는 자기 안에 작은 아메드, 실제 자기 살보다 훨씬 더 단단한 재료로 만들어졌고, 자신이 만들어낸 인물 도디처럼 입이 여러 개인, 자기 자신의 핵 같은 것이 살고 있다는 느낌이 들었다, 때때로 목소리들은 아메드 자신보다 더 많은 것을 알고 있는 것처럼 나타나기도 했다. 혹시 목소리들이 아메드보다 먼저 태어났던 걸까? 혹시 목소리들은 아메드에게 오기 전 다른 곳에서 살았던 걸까? 혹시 목소리들은 아메드가 잠을 자는 동안 여행하며 아메드가 얻을 수 없는 지식을 쌓는 걸까? 혹시 목소리들은 다른 언어도 알아서, 단어들을 변형시키고 명백한 이유 없이 떠드는 와중에도, 아지즈에게 중요하게 할 말이 있는 걸까?

자헤드는 며칠에 걸쳐서 부모님 집의 잔해들을 모았다. 그리고 집터를 청소했다. 사진과 옷가지, 식기류 등을 골라냈다. 하지만 아직 사용할 수 있는 몇몇 가구들은 버렸다. 타마라도 할 수 있는 한 남편을 도왔다. 아이들도 돕겠다고 했지만, 아버지는 아이들을 쫓아냈다. 남편과 아내는 조용히 일했다. 괴롭고 무거운 침묵이었다. 타마라는 몇 번이고 입을 열고 싶었지만 그러고 싶은 만큼 말을 참았다. 그녀 생각에는 자헤드도 같은 마음인 것처럼 보였다. 집 벽의 잔해를 수거하러 트럭 한 대가 왔다. 이제는 핏자국이 묻은 바닥밖에 남지 않았다. 자헤드는 아내의 손을 잡았다. 타마라는 남편이 뭘 하려는지 몰랐다. 긴장한 그녀에게 그는 앉으라고 했다. 타마라는 그 말을 따랐다. 자헤드는 아내 옆, 집의 바닥에 앉았다. 그 바닥은 벽들을 잃고, 거주했던 이들을 애도 중이었다. 타마라는 웃음이 나려고 했다. 시부모의 집이 바람에 날아갔고, 남편과 자신도 땅에서 뽑혀 영원히 사라지게 될 것 같은 기분이 들었기 때문이다.

　침묵을 깨뜨린 것은 자헤드였다.

"아메드가 할 거야. 아메드가 벨트를 차게 될 거야."

　타마라의 심장이 멈췄다. 자헤드는 어렵게 말을 이어갔다.

　- 당신이 무슨 생각하는지 알아. 무슨 말을 하고 싶어 하는지도 알고. 나도 곰곰이 생각했어. 오래도록 고민한 거야. 아지즈가 할 수는 없어. 그렇게 되면 난 수치스러울 거야, 타마라. 만약 아지즈에게 벨트를 차라고 한다면 난 더 살아갈 수 없어. 더 이상 신께 다가갈 수도 없을 거야. 그래, 타마라, 모든 걸 오랫동안 고민했어. 마음속에서 수천 번이나 묻고 또 물었고⋯⋯,
　- 하지만 아지즈는 곧 ⋯⋯,
　타마라는 차마 말을 끝맺지 못했다.

　- 그래, 아지즈는 죽게 될 거야. 나도 알고 있어. 내가 당신한테 의사가 설명한 걸 말해 줬잖아. 아지즈가 벨트를 찬다면 그건 희생이 아니야. 그건 모독이야. 우리에게 되돌아올 거라고. 게다가 아지즈의 상태로는 성공할 수도 없어. 아지즈는 너무 약해. 아냐, 타마라, 아지즈일 수는

없어. 아픈 아이를 전쟁터에 내보내지는 않아. 이미 희생 당하고 있는 사람을 희생시키지는 않는다고. 당신 방식으로 한번 생각해 봐, 타마라. 당신도 나랑 똑같은 결론에 이를 거야. 아메드가 떠나는 거야.

타마라는 울면서 고개를 저었다. 말이 나오지 않았다.

"술라예드가 왜 카말과 함께 와서 조의를 표했다고 생각해? 들어 봐, 카말은 자기 외아들이 태어나면서 부인을 잃었어. 그런데도 그 사람은 그런 아들을 희생시키는 것을 받아들였다고."

자헤드가 자리에서 일어났다. 타마라는 그가 구부정한 허리를 하고 오렌지 밭으로 사라지는 모습을 지켜보았다. 사실 그녀는 놀라지 않았다. 자헤드가 아메드를 선택할 것을 알고 있었다. 마음속 깊은 곳에서 이미 알고 있었다. 그랬기 때문에 고통에 말문이 막혔던 것이다.

그날 저녁 타마라는 정원에서 달을 쳐다보며 먼 달빛에 젖어들었다. 갑작스레 어떤 노래가 떠올랐다. 어머니가 자신을 재우려고 귓가에 속삭이던 노래였다.

우리는 언젠가 빛이 될 거야.
우리는 언제나 눈을 뜨고 살게 될 거야

하지만 아가야, 오늘 밤에는 눈꺼풀을 덮으렴.

차가운 기운이 배에 몰려왔다. 아파서 그런 거라 생각했다. 하지만 평소에는 아래로 내려가던 찬 기운이 입술과 혀까지 올라왔다. 그리고 입 안에서 얼음장 같은 말들이 만들어졌다. 그녀는 이제 너무 늦었다는 것을 깨달았다. 어떤 것도 그 말들과 그 말들이 지닌 생각을 녹일 수 없었다. 타마라는 집에 밤이 드리울 때까지 기다렸다가 소리를 내지 않고 아이들 방으로 올라갔다. 아이들의 쌕쌕거리는 숨소리가 들렸다. 아이들은 깊이 잠들어 있었다. 그녀는 아메드의 침대로 다가가 아이의 이마에 손을 얹고는 깨어나길 기다렸다. 아메드가 반쯤 눈을 뜨자 타마라는 다정하게 아메드의 손을 잡았다.

"아무 말도 하지 마. 아지즈 깨지 않게 엄마 따라오렴."

두 사람은 도둑처럼 방을 빠져나왔다. 타마라는 아메드와 함께 정원으로 돌아왔다. 둘은 장미꽃을 마주한 긴 의자에 앉았다. 타마라가 비밀스럽게 '달맞이 의자'라고 즐겨 부르던 의자였다. 아메드는 엄마가 한밤중에 자신을 깨우고 집 밖으로 데려온 것에 그리 놀란 눈치는 아니었다. 졸음 때문에 아메드의 눈꺼풀은 여전히 무거웠다.

– 아메드, 엄마 얘기 잘 들어. 곧 아버지가 아지즈가 깨

지 않게 소리 없이 방에 들어와서, 방금 내가 한 것처럼 네 머리에 손을 올리실 거야. 그럼 너는 천천히 잠에서 깰 테고, 네 얼굴 위로 숙인 아버지 얼굴을 보면서 아버지가 널 선택했다는 걸 깨닫게 될 거야. 아니면 네 손을 잡고 오렌지 밭으로 데려가 나무 밑에 앉히고 얘기를 할 수도 있겠지. 아버지가 어떤 식으로 말을 할지는 사실 엄마도 잘 모르겠어. 하지만 아버지가 입을 열기도 전에 넌 알게 될 거야. 그게 무슨 뜻인지 알아? 너는 산에서 돌아오지 못할 거야. 술라예드가 너희들에게 무슨 이야기를 했는지는 모르지만 짐작할 수 있어. 아버지는 그 사람이 미래를 본다고 했어. 우리를 적으로부터 보호해 주는 중요한 사람이라고. 모두가 그를 존경하고, 그를 거역할 사람은 아무도 없어. 네 아버지는 그 사람을 두려워해. 그렇지만 엄마는 그 사람을 본 순간, 거만한 사람이라고 느꼈어. 아버지가 그 사람이 우리 집 문턱을 넘지 못하게 했어야 했는데. 누가 그 사람에게 다른 사람들 집에 들어가서 그 자식들을 데려갈 권리를 준 거지? 엄마도 바보는 아니야. 지금은 전쟁 중이고 희생해야 한다는 건 엄마도 잘 알아. 그리고 너희 둘이 용감하다는 것도 알아. 너희가 아버지에게 그 벨트를 차는 것이 영광이고 의무라고 말했다지. 아버지가 너희가 한 말을 알려 줬어. 할림과 다른 모든 이들의 발자취를 따라갈 준비가 됐다고 말했다고. 너희 아버지는 어쩔 줄 몰라 하셨어. 너희들의 결심을 자랑스러워하시지. 신께서 우리에게 세상에서 가장 훌륭한 두 아들을 주셨다고 말이야. 하지만 아메드, 나는 세상에서 가장 훌륭한 엄마가 아니야. 엄마 사촌 하즈미 기억나니? 기억하지? 하즈미는 아팠어. 아지즈도 같은 병에 걸렸단다. 뼈가 없어지고 있어. 마치 몸속에서 뼈가 녹아가고 있는 것처럼 말이야. 아지즈는 죽게 될 거야.

  – 엄마 말 안 믿어요.
  – 엄마가 거짓말한다고 생각하지 마. 큰 도시에 있는 의사가 아버지에게 해준 얘기야. 아마 아지즈는 다음번 수확을 보지 못할 거야. 울지 마, 아가야, 너무 힘든 일이지. 제발 울지 마.
  – 엄마.
  – 잘 들어, 아메드. 엄마 말 잘 들어. 난 네가 벨트를 차는 걸 원치 않아.
  – 무슨 말을 하는 거예요?
  – 나는 아들을 둘 다 잃고 싶지 않아. 아지즈에게 말해, 너를 대신해 달라고 설득해.
  – 절대 그럴 수 없어요.
  – 아지즈에게 벨트를 차기 싫다고 말해.
  – 그건 사실이 아녜요.
  – 아지즈에게 무섭다고 말해.
  – 싫어요!
  – 아메드, 내 아가, 거기에서 죽는다면 아지즈는 더 행복할 거야. 그렇지 않으면 어떻게 되는지 아니? 아지즈는 자

기 침대에서 견딜 수 없는 고통과 함께 죽을 거야. 신께서 순교자의 명예로 맞이할 영광스러운 죽음을 아지즈에게서 빼앗지 마. 제발 아지즈에게 널 대신해 달라고 부탁해. 이 얘기는 아무에게도 하지 마. 특히 네 아빠에게는 안 돼. 죽을 때까지 우리만의 비밀로 간직해야 해.

아메드는 비틀대는 작은 유령처럼 잠자리로 돌아갔다. 타마라는 달맞이 의자에 계속 앉아 있었다. 그녀는 쿵쾅대는 심장을 가라앉히려 애를 썼다. 한참이 지난 후, 그녀는 가장 가까이에 있는 장미 쪽으로 손을 뻗어 손끝으로 꽃잎을 어루만졌다. 타마라는 꽃의 심장이 숨 쉬는 것을 보고 있는 듯한 느낌이 들었다. 언젠가 샤히나가 이런 말을 한 적이 있었다. "꽃향기는 꽃의 피란다. 꽃들은 용감하고 너그럽지. 꽃들은 목숨을 걱정하지 않고 자기 피를 퍼뜨려. 그래서 꽃들이 빨리 시드는 거야. 자신의 아름다움을 보고 싶어 하는 이에게 그걸 나누어 주느라 수명이 다해서 말이야." 샤히나는 쌍둥이가 태어났을 때 이 장미 나무를 심었다. 손자들의 탄생을 축하하는 그녀만의 방식이었다. 타마라는 갑자기 의자에서 일어나 장미를 뽑아내기 시작했다. 가시에 찔린 손에서는 피가 났다. 그녀는 자신이 가증스럽게 느껴졌다. 그 끔찍한 생각을, 그 생각을 완전히 드러내고 말았다. 아픈 아들을 죽음으로 내몬 것이다.

다음날, 아지즈가 일어나기 훨씬 전, 어떤 목소리가 아메드를 깨웠다. 놀랍게도 그 목소리는 할림의 목소리가 지닌 독특한 억양과 리듬을 가지고 있었다. 틀림없는 그의 목소리였다. 그 목소리는 누군가 자신의 소리를 들어주지 않아도 존재할 수 있는 사람이 부르는 노래처럼, 아메드에게 직접적으로 말을 걸지 않고 말했다.

"내 줄이 끊어졌어…… 내 줄이 끊어졌어……."

할림의 목소리가 반복했다.

한동안, 아메드는 벨트를 찬 소년이, 죽은 자들의 나라에서 돌아와서, 자신의 방 안에 있는 줄 알았다.

"내 줄이 끊어졌어…… 바람의 잘못이 아니야…… 끔찍한 소리가 내 줄을 끊었어…… 내 귀에서는 피가 나…… 난 더 이상 아무것도 들리지 않아……."

아메드는 침대에서 일어나 주변을 살펴보았다. 희미한 방에는 아무도 보이지 않았다. 방 안에는 곁에 잠들어 있는 아지즈밖에 없다는 것을 잘 알고 있었다.

"나는 태양에 가까이 갔어…… 나는 올라갔어…… 나는 올라갔어…… 바람 때문이 아니었어…… 소리 때문이었어…… 더 이상 아무것도 들리지 않고 더 이상 땅이 보이지 않았어…… 구름의 흰색이 나를 삼켰어…… 더 이상 아무도 날 볼 수 없어…….”

아메드는 양손을 귀로 가져갔지만 목소리는 여전히 더욱 강하게 들렸다.

“어떤 끔찍한 소리가 내 줄을 끊었어……나는 불타고 있어……. 거대한 하늘에서 혼자…… 나는 다시 돌아가지 못할 거야…… 나는 불타고 있어…… 바람 없는 곳에서 혼자…….”

아메드는 일어나서 창문으로 다가갔다. 새벽이었다. 태양의 첫 빛줄기들이 저 멀리 보이는 오렌지 나무들의 꼭대기를 어루만지고 있었다. 아메드는 하늘이 파랗게 변하는 모습을 오래도록 지켜보았다. 목소리는 조금씩 잦아들었다. 목소리가 완전히 그치자, 아메드는 다시 잠을 자러 갔다. 심장이 쿵쾅거리는 소리가 들렸다. 아메드는 아지즈를 꽉 끌어안았다. 아메드는 아지즈의 몸속으로 사라지려는 것처럼 동생의 몸에 자기 몸을 밀착했다.

꿈을 꿨던 걸까 아니면 아지즈의 뼈가 녹고 있다고 어머니가 진짜로 말한 걸까? 꿈을 꿨던 걸까 아니면 아지즈가 산 저편에 가서 자기 뼈를 폭파시키는 게 아지즈에게 더 나은 일이라고 어머니가 진짜로 말한 걸까? 순간, 자신이 감싸 안은 그 몸이 가루가 될 듯 너무 약해 보였다. 아니다, 아메드는 절대로 아지즈가 자기 대신 폭탄 벨트를 차게 내버려 두지 않을 것이다.

아지즈는 잠에서 깨어 아메드를 불쑥 밀어냈다.

– 뭐 하는 거야, 아메드?
– 아무것도 아냐. 일어나, 벌써 늦었어.

부모의 참혹한 죽음도 자헤드의 일과를 바꾸지는 않았다. 오히려 그는 훨씬 더 악착스럽게 일했다. 그의 눈에 오렌지 밭은 또 다른 가치였다. 오렌지 밭은 이제 부모의 유해가 잠들어 있는 사당이었다. 그는 성스러운 행위를 완수하는 듯한 마음으로 오렌지나무 하나하나를 살피며 병든 가지를 잘라내고, 땅에 물을 댔다. 땅에서 올라오는 향기는 그를 안심시켰고, 미래는 여전히 의미가 있는 것이라고 믿게 만들었다. 마치 그 어떤 폭탄도 오렌지 나뭇잎 방패를 뚫을 수 없을 것처럼, 그는 나무들 가운데서 안전하다고 느꼈다. 이 오렌지 밭들이 그의 유일한 친구였다는 사실을 그의 마음은 알고 있었다.

그럼에도 그날, 나무에 기대 서 있던 자헤드는 눈물이 흐르는 것을 막지 않았다. 아버지 무니르를 생각했다. 아버지였다면 어떻게 했을까? 아버지는 아메드를 선택하실까 아니면 아지즈를 선택하실까? 그는 방금 가지치기를 한 오렌지나무의 잎사귀 위에 앉아서, 고인이 된 아버지의 신호를 기다리고 있었다. 아침 내내, 자헤드는 아메드에게 할 얘기를 고민하고 있었다.

결국 그는 이렇게 혼잣말을 했다.

"어쨌든, 죽음이 이미 다른 녀석에게 보이지 않는 손을 댔다는 걸 알면서 그 녀석을 죽음으로 보낸다는 건 말이 안 돼. 하지만 다른 녀석은 어떻게 해야 하지?"

그는 눈물을 훔치고 오렌지 밭을 나섰다. 집 가까이에 와서, 정원에서 놀고 있는 아들들을 바라보았다. 아이들은 엄마의 임시 부엌 수업을 마치고 나온 길이었다. 그는 주저하며 아이들에게 가까이 갔다. 아메드와 아지즈는 아버지의 기척을 느끼고, 그 시간에 아버지가 일을 하지 않고 있다는 사실에 놀라며 아버지 쪽으로 갔다. 자헤드는 마치 아이들을 처음 또는 마지막으로 보는 것처럼, 사실 어떤 감정이 자신의 목을 메이게 하는지 그 자신도 더는 알지 못한 채 조용히 두 아들을 응시했다. 그는 당황한 아지즈는 내버려 두고, 아메드의 손을 잡고 데려갔다.

"어디 가는 거예요?"

그렇게 묻긴 했지만 아메드는 아버지가 무얼 하려는지

알고 있었다. 자헤드는 아들의 손을 더욱 세게 잡고는 침묵을 지켰다. 둘은 연장 창고까지 걸어갔다. 아버지는 아들에게 열쇠 하나를 주고는 커다란 철제 자물쇠를 열게 했다. 아메드는 그 말을 따랐다. 이윽고 자헤드는 무거운 나무문을 밀었다. 창고 안으로 들어서자 새 두 마리가 이들의 머리 위로 나 있는 천창을 통해 날아갔다. 아메드는 순간 무서웠다. 뒤에서 문이 닫혔다. 햇빛 한줄기가 무수한 먼지들이 춤추던 천장 공간을 가로질렀다. 마치 살아있는 장검 같았다. 그 검에서는 기름과 축축한 흙냄새가 났다. "여기에 정리해 뒀는데." 자헤드가 중얼거렸다. 그는 한쪽 구석으로 가서 낡은 덮개 하나를 들어올렸다. 그는 술라예드가 가져왔던 천 가방을 들고 아들 곁으로 돌아왔다. 쭈그려 앉은 그는 아메드에게 옆으로 와 앉으라고 했다.

자헤드는 입 밖으로 나오는 말 한마디, 한마디가 깊은 땅속에서 거슬러 올라온 것처럼 말했다.

"죽은 자들은 땅속에 가둬야 해. 왜냐하면 그렇게 해야……, 그렇게 해야 죽은 자들이 하늘로 들어갈 수 있어. 그들을 땅에 가두면서 말이야. 나도 그렇게 내 부모를 묻었어. 너도 아빠 봤지, 오래된 삽으로 구덩이를 팠잖아. 매장을 기리려는 지렁이들을 너도 봤지. 흙을 던져 구덩이를 메우는 일이 가장 힘든 게 아니야, 너도 아빠 봤지, 아빠는 구덩이를 잘 덮었어. 가장 힘들었던 건, 잔해 속에서 찾아내는 거였어. 내 어머니는, 어머니의 머리는 벗어져 있었지. 어머니의 멀쩡한 얼굴을 알아볼 수가 없었어. 구멍 뚫린 벽들 위에, 깨진 접시들 위에 피가 있었어. 난 맨손으로 아버지 시신의 잔해를 모았어. 아주 많았지. 내가 너하고 아지즈한테는 가까이 오지 말라고 했었잖아. 너희 엄마에게도 그렇게 말했어. 아무도 가까이 오면 안 됐어. 아무도, 세상에서 가장 죄 많은 사람일지라도, 자기 부모님 집 파편 속에서 부모 시신의 잔해를 찾을 수는 없는 거야. 나는 조상님들이 말씀하신 대로 하늘을 둘로 나누는 구덩이를 팠어. 그리고 나는 조상님들이 또 말씀하신 대로 파리들의 진력나는 음악을 들었어. 아들아, 죽음을 두려워해서는 안 된다."

창고의 희미한 빛 속에서, 자헤드의 목소리는 말을 할수록 부드러워졌다. 아버지가 자신에게 그런 식으로 이야기하는 것을 들으며 아메드는 한편으로는 조마조마하면서도 동시에 진정이 되는 것 같았다.

"우리는 매일을, 마지막이어야 할 두려움 속에서 살고 있어. 잠도 잘 못 자고, 잠을 자더라도 악몽이 우리를 쫓아와. 매주 마을들이 통째로 파괴되고 있어. 우리의 죽음이 늘어가고 있지. 전쟁이 격렬해지고 있어, 아메드. 우리에게는 더 이상 선택의 여지가 없어. 너희 할아버지와 할머니 집을 부순 그 폭탄은 산의 저 너머에서 왔어. 너도 알지, 안 그래? 그 저주스러운 곳에서 또 다른 폭탄들이 날아올 거야. 매일 아침 눈을 떠서, 태양 아래 오렌지 밭이 건재한 것을 확인하고 나면, 나는 그 기적에 대해 신께 감사해. 아, 아메드, 내가 할 수만 있다면, 내가 너를 대신할 거야. 엄마 역시 조금도 망설이지 않고 그렇게 할 거야. 네 동생도 마찬가지고. 특히 네 동생은 널 그렇게나 사랑하잖니. 술라예드가 다시 올 거다. 술라예드가 너를 산기슭으로 데려갈 거야. 지프를 타고 곧 다시 올 거야, 며칠 후 아니면 몇 주 후, 어쨌든 수확 전에 올 거다. 네가 벨트를 차는 거야."

자헤드는 천 가방을 열었다. 손이 미세하게 떨리고 있었다. 창고에는 빛이 거의 들지 않았지만 아메드는 아버지의 손이 떨리는 걸 알아챘다. 아메드는 아버지를 지켜보면서, 아버지가 가방에서 살아 있는, 회색 아니면 초록색의, 위험한 미지의 동물을 꺼내는 모습을 상상했다.

– 네게 해 줄 다른 이야기가 있어. 네 동생은 아직 낫지 않았어. 벨트를 찰 수 없을 거야. 몸이 너무 약해. 그래서 너를 선택했다.
– 그런데 아지즈가 아프지 않았다면, 아버지는 누구를 선택했을 거예요?
아메드가 아버지를 놀라게 하며 태연히 물었다.

이미 자신의 질문을 후회하던 아들에게 자헤드는 한참

동안 뭐라고 대답해야 할지 몰랐다. 아메드는 아지즈가 단순히 아프기만 한 것이 아니라 나을 수 없다는 사실을 잘 알고 있었다. 타마라가 병이 얼마나 위중한지 한 치의 의심도 들지 않게 말해 줬기 때문이다. 아지즈는 죽게 될 것이다. 동생과 바꾸지 않으면 죽게 될 자신처럼 말이다.

  – 오렌지에게 나 대신 결정해 달라고 할 거야.
  – 오렌지한테요?
  – 이렇게 할 거야. 오렌지를 네 동생과 너에게 한 개씩 주는 거야. 자기가 받은 오렌지 속에서 씨가 더 많이 나온 사람이 떠나게 되는 거지.

  아메드는 미소를 지었다. 자헤드가 일어섰다. 그는 숭고하고 중요한 물건을 다루듯이 두 손으로 폭탄 벨트를 들었다. 아메드는 그것이 아지즈와 놀면서 만들었던 벨트의 모습과는 전혀 다르다는 것을 알았다. 무겁고 해로워 보였다. 아메드는 가까이 다가가 조심히 벨트를 만졌다.

  – 한번 해 볼래?
  – 안 위험해요?
  한 발짝 물러나며 아메드가 물었다.

  – 응. 아직 뇌관하고 연결되지 않았거든. 그게 있어야 네가……, 암튼 무슨 말인지 알지.

아메드는 뇌관이 무엇인지 아주 잘 알고 있었다. 아버지가 아메드에게 벨트를 건넸다.

– 술라예드는 네가 벨트를 좋아해야 한다고 했어. 네 몸의 일부처럼 여겨야 한다고. 네가 원할 때 벨트를 차도 돼. 벨트의 무게, 벨트와의 접촉에 익숙해져야 해. 그렇지만 밖으로 가지고 나가서는 안 돼. 알겠지? 그리고 특히 아지즈하고는 여기에 오지 마, 그럼 일이 복잡해질 거다.

– 그렇게 하겠다고 약속할게요.
– 무섭지 않아?
– 네, 무섭지 않아요.
아메드는 거짓말을 했다.

– 용감하구나. 아버지는 네가 자랑스럽다. 우리 모두 네가 자랑스러워.

긴 침묵이 이어졌고, 아버지는 더 이상 아들을 쳐다볼 수 없었다.

"자, 자물쇠 열쇠를 줄게. 이제부터는 여기에 오고 싶을 때 아무 때나 와도 돼."

자헤드는 아메드에게로 몸을 숙이고 이마에 입을 맞췄

다. 그러고는 창고에서 나갔다. 그가 문을 열자, 강력한 햇빛이 안으로 들어왔고 순간적으로 아메드는 눈을 뜨지 못했다. 다시 문이 닫히자, 아메드는 손에 벨트를 든 채, 완전한 어둠 속에 남겨졌다. 숨을 쉴 용기조차 나지 않았다. 갑자기, 아메드는 그 공간을 떠다니던 어떤 얼굴을 본 것 같았다.

"할아버지, 할아버지예요?"

아메드는 무니르 할아버지의 얼굴을 본 것이라 확신했다. 할아버지는 죽었고 오렌지 밭에 묻혔다는 걸 잘 알고 있었지만, 환영이 너무도 강렬해서 아메드는 다시 할아버지를 불렀다.

"할아버지 대답해요, 할아버지예요?"

아메드의 눈은 다시 어둠에 익숙해져 창고의 벽들과 임시로 만든 선반 위에 놓인 연장들을 구별할 수 있었다. 천창에서 들어온 햇빛이 낫과 전지가위, 삽과 톱의 끄트머리를 반짝이게 하고 있었다. 아메드는 주위를 둘러보았다. 환영은 완전히 없어져 버렸다. 아메드는 숨을 깊이 들이쉬고는 허리에 벨트를 찼다. 근육이 뻣뻣해졌다. 아메드는 불안하게 몇 걸음을 옮겼다.

"나는 이제 진짜 군인이야."

정원의 작은 숲 뒤에 웅크리고 있던 아지즈는, 아버지가 아메드 없이 혼자 창고에서 나와 다시 오렌지 밭으로 일하러 가는 모습을 보았다. 아지즈는 아버지의 선택에 놀라지 않았다. 아메드가 나오길 기다렸지만 허사였다. 한참 후, 아지즈는 아메드가 있는 창고에 들어가기로 마음먹었다. 아지즈는 큰 문을 반쯤 열었다.

"아메드, 뭐 해?"

대답이 들리지 않자, 아지즈는 한 걸음 안으로 들어갔다.

– 거기 있는 거 알아. 대답해.
– 들어오지 마.
– 왜?
– 나 혼자 있게 둬.

아지즈는 앞으로 다가서 창고의 희미한 어둠 속에 있던 아메드의 실루엣을 발견했다.

‒ 뭐 해?
‒ 가까이 오지 마.
‒ 왜?
‒ 위험해.

아지즈는 멈춰 섰다. 아메드의 요란한 숨소리가 들렸다.

‒ 대체 무슨 일이야?
‒ 움직일 수가 없어.
‒ 아픈 거야?
‒ 여기서 나가.
‒ 왜?
‒ 나 지금 벨트 차고 있는데 내가 움직이면……,
‒ 무슨 말도 안 되는 소리를 하는 거야!
‒ 다 터져 버릴 거야. 여기서 나가!
‒ 가서 아버지 불러올게.
겁에 질린 아지즈가 말했다.

‒ 그 말을 믿었어? 너 바보구나.
아메드는 웃음을 터뜨리며 아지즈에게로 힘차게 뛰어가다 아지즈를 바닥에 넘어뜨리고 말았다.

– 너 진짜 바보네, 벨트에는 뇌관이 없다고!

  아지즈는 아메드의 다리를 붙잡고 바닥으로 쓰러뜨렸다. 두 형제는 난폭하게 싸웠다.

  – 너 죽여 버릴 거야!
  – 나도 그럴 거야!
  – 나한테 벨트 줘, 내가 가야 돼.
  – 아버지가 선택한 건 나야, 내가 가야 돼.
  – 벨트 해 보고 싶어, 풀어 봐!
  – 절대 안 돼!

  아지즈는 아메드의 얼굴을 때렸다. 어리둥절한 표정으로 아메드가 일어섰다. 그는 벽에 세워져 있던 긴 낫을 들었다.

  – 가까이 오면 널 조각내 버릴 거야.
  – 한번 해 봐!
  – 진짜야, 아지즈.

  두 형제는 자신들의 헐떡이는 숨소리를 들으며 움직이지 않고 서로를 지켜보았다. 이들은 더 이상 어린아이가 아니었다. 마치 어둠이 이들의 어린 몸에 어른의 몸만이 지닌 깊이와 무게를 가져다준 것처럼, 이제 막 무엇인가가

변한 참이었다.

"나 죽는 거 무서워, 아지즈."

아메드는 낫을 내려놓았다. 아지즈가 곁으로 다가왔다.

– 알아. 내가 갈 거야.
– 너는 갈 수 없어.
– 내가 갈 거야, 아메드.
– 아버지 말을 거역할 수는 없잖아.
– 내가 널 대신하면 돼. 아버지는 모르실 거야.
– 알아차리실 거야.
– 아냐, 날 믿어. 벨트 풀어줘.
아지즈가 애원했다.

아메드는 고민하다 거친 몸짓으로 벨트를 풀었다. 아지즈는 벨트를 낚아채고는, 천창으로 들어온 햇빛이 거의 바닥까지 내려온 창고의 한쪽 구석으로 갔다. 그는 춤을 추는 듯한 빛 속에서 민족의 적들을 학살하고 동시에 자신을 천국으로 들여보내 줄 물건을 주의 깊게 바라보았다. 아지즈는 그 물건에 매료됐다. 벨트는 폭발물이 담긴 원통 모양의 작은 칸 십여 개로 이루어져 있었다. 아메드도 아지즈에게로 왔다.

– 죽은 사람들이 다시 돌아올 수 있다고 믿어?

– 모르겠어.

– 좀 전에 할아버지를 본 것 같아.

– 어디서?

– 저기.

아메드는 두 사람 앞의 한쪽 공간을 가리키며 말했다.

– 확실해?

– 할아버지 얼굴이었어. 아주 빠르게 사라졌지만.

– 넌 유령을 본 거야.

– 너도 죽으면 아마 다시 돌아오게 되겠지.

– 여기서 나가자.

아지즈가 재빨리 말했다.

아메드는 낡은 덮개 아래 숨겨 뒀던 천 가방에 벨트를 다시 넣었다. 두 형제가 창고에서 나왔을 때, 햇빛 때문에 아이들의 두 눈이 아팠다.

아메드는 부엌에서 저녁 식사를 준비하고 있던 어머니에게로 갔다. 어머니는 나무 도마 위의 채소를 썰고 있었다. 그녀는 옛날 신문 한 장 위에 쌀을 붓고는 아들에게 쌀 고르기를 부탁했다. 아메드는 약간 부끄럽긴 했지만, 요리하는 어머니를 돕는 것을 좋아했다. 남자아이에게 익숙한 일은 아니었다. 처음에 아메드가 어머니를 돕겠다고 했을 때, 타마라는 놀란 몸짓을 하며 거절했다. 아메드는 고집을 부렸고, 결국 타마라는 허락했다. 그 이후, 타마라는 아들과 함께하는 그 순간들을 좋아하게 됐고, 그 시간을 기다렸다. 아메드가 여러 날 부엌에 들르지 않을 때는, 걱정을 하면서 혹시 자헤드가 아들에게 무슨 말을 하지는 않았는지 궁금해했다. 남자아이가 그런 식으로 행동하는 것을 남편이 볼썽사납게 여긴다는 것을 알고 있었기 때문이다.

  아메드는 자기 일에 집중하고 있었다. 쌀 무더기 속에

서 작은 돌과 티끌을 골라냈다. 아메드의 손길은 빠르고 정확했다. 타마라는 아들에게 너무도 묻고 싶었던 질문을 차마 꺼내지 못했다. 그녀는 평소와는 다르게 둘 사이에 쌓여 가는 침묵을 아들이 없애주길 기다렸다. 둘이 함께 나누는 그 순간들은 대개, 달리 가질 수 없는 대화의 기회였기 때문이다. 어머니와 아들 사이에 생겨난 이 공모의 감정은 때때로 웃음보를 터지게 했다. 아메드 역시, 만나고 싶던 달리마 이모 이야기를 하려고 그 기회를 이용했다. 이모에게서 받은 편지 한 통, 한 통이 아메드에게는 축제였다. 처음에는 어머니가 편지를 읽어 줬다. 그러나 낱말들을 알아볼 수 있게 된 이후부터는, 몇 시간 동안이고 혼자 이모의 편지들을 다시 읽을 수 있었다. 이모는 편지에서 자신의 새로운 인생에 대해 이야기했다. 도로와 도시의 건물들 밑으로 다니며 여러 구역들을 가로지르는 기차인 지하철도 자세히 설명했다! 이모는 아메드에게 눈 이야기를 하기도 했는데, 눈은 몇 시간 만에 지붕을 뒤덮고 하늘에서 솜 같은 고요함을 내리게 하는 것이었다. 이모가 편지 봉투에 함께 넣은 몇 장의 사진은 아메드를 놀라게 하기도 했고 호기심이 일게 만들기도 했다. 이모는 자기 남편의 사진은 절대로 보내지 않았다. 아메드는 저녁에 환히 빛나는 도시의 모습이 담긴 사진이나 고가교, 고가교의 강철 구조물이 지나는 강, 자동차 헤드라이트의 점멸등이 보이는 사진들을 특히나 좋아했다. 언젠가 아메드의 이모는 아메드에게 오렌지를 먹을 때마다 오렌지 밭이 생각난다고 쓴 적이 있었다. 그녀가 다시 오렌지 밭을 보고, 조카 아메드와 함께 여름에 나무 사이를 산책하며 흰 오렌지 꽃에서 풍기는 향기를 맡았다면 정말 좋아했을 것이다!

"했어요."

아메드가 갑자기 어머니에게 말했다.

타마라는 아메드가 쌀 고르기를 끝낸 것이라 생각했다. 아들을 쳐다보고는 안심하며, 아메드가 동생과 바꾸는 얘기를 한 것이라는 걸 알았다.

− 네가 부탁했어?
− 네, 오늘……,
− 아지즈한테 그 애가 아프다는 얘기는 안 했지?
− 네!
− 절대로 말하면 안 돼.
− 네! 엄마가 말한 대로 얘기했어요.
− 아지즈에게 무섭다고 얘기했구나, 그렇지?
− 네, 죽는 게 무섭다고 얘기했어요.
− 가여운 아메드! 날 용서해다오! 날 용서해 줘! 네가 네 동생만큼 용기 있다는 걸 엄마는 알고 있어. 너에게 내가 너무 끔찍한 부탁을 했어, 끔찍해…….

– 울지 말아요, 엄마.

– 도살장에 보내는 불쌍한 가축처럼 아이들을 희생시켜야 한다면 대체 왜 아이를 낳아야 하는 건지!

– 울지 마요.

– 아냐, 우는 거 아냐. 봐 봐, 이제 안 울잖아. 우린 아지즈를 위해서 그런 거야, 알지, 그 사실을 잊으면 안 돼. 이제 마저 쌀을 골라내렴.

타마라는 눈물을 닦고는 물을 끓이려 커다란 냄비를 불에 올렸다.

– 한 가지 조심해야 할 게 있어, 아메드.

– 뭔데요, 엄마?

– 네 동생은, 아픈 후로부터, 살이 빠졌어.

– 별로 안 빠졌어요.

– 아냐, 빠졌어! 못 알아챘니? 볼도 너처럼 통통하지가 않아. 너보다 식욕도 없고. 네 동생 접시를 잘 보면서 그 애보다 적게 먹도록 해 봐. 너한테 이런 걸 부탁하다니 내 자신이 너무 비참하구나, 너무 비참해, 하지만 꼭 그렇게 하겠다고 맹세해 줘, 아메드!

– 알겠어요. 그렇게 할게요.

– 둘이 바꾸는 걸 아버지가 알아차려서는 안 돼. 아버지가 알게 된다면 정말 끔찍할 거야. 감히 상상도 못 하겠어.

– 걱정 마세요. 며칠 후면, 저도 아지즈처럼 말라 있을

거예요, 그러면 아무도 저희를 구분할 수 없을 거예요.

　- 엄마는 구분할 수 있어.

　- 맞아요, 엄마는 하죠, 그렇지만 엄마만이에요.

　- 네가 날 증오한대도 괜찮아.

　- 여기요, 쌀 다 골랐어요.

　- 고맙다, 아메드.

　- 난 절대로 엄마를 증오하지 않을 거예요.

- 나한테 칼로 상처를 낼 거야.

- 왜?

- 우리는 마지막 순간에 바꾸는 거야.

- 무슨 얘기를 하는 거야, 아지즈?

- 네가 술라예드랑 떠나려는 그 순간에, 나는 칼로 상처를 낼 거야. 진짜로 하는 건 아니고. 하지만 너는, 칼로 진짜 상처를 내야 돼.

- 네가 무슨 말을 하는 건지 하나도 모르겠어.

- 살짝만 베이게 하면 돼. 왼손에다가 해야 돼. 헷갈려서는 안 돼, 아메드, 네 왼손에 상처를 내야 해.

- 알았어. 그런데 왜 그래야 하는지 아직도 모르겠어.

- 난 양의 피를 가져올 거야.

- 양의 피라니!

더욱 혼란스러워진 아메드가 거듭 말했다.

- 내가 다친 거라고 믿게 만들려고 그러는 거야. 다친 손

에다가 헝겊을 감아 둘 거야. 우리 둘이 바꾸고 나면, 난 손을 씻을 거야. 아무도 내 손에서 상처를 발견하지 못하겠지. 하지만 넌, 모두가 네 손의 상처를 보게 될 거야.

– 왜냐면 난 진짜로 손을 베일 거니까.

아지즈가 무엇을 하려는지 이해하기 시작한 아메드가 말했다.

– 맞아. 그러면 더 이상 아무런 의심도 없을 거야. 너는 손을 다친 아지즈가 되는 거고, 나는 술라예드와 떠날 준비가 된 아메드가 되는 거지.

– 손을 다친 아지즈.

아메드가 한숨을 쉬며 따라 말했다.

두 형제는 다락방에서 누워 있었다. 별들이 이제 막 나타나기 시작했다. 별이 하나씩 하늘을 뚫고 나와 하늘을 열 개 남짓한 반짝이는 빛으로 덮었다. 아메드와 아지즈는 종종 다락방에 올라와 산들바람을 느끼곤 했다. 둘은 물탱크 옆에 등을 대고 누워 끝없는 밤을 바라보았다.

– 슬퍼하지 마, 아메드. 곧, 나는 저 위로 갈 거야. 매일 저녁에 여기 와서 나한테 하루가 어땠는지 얘기해 준다고 약속해 줘.

– 별이 저렇게 많은데 널 어떻게 찾지?

– 이제 자러 가자. 나 좀 추워.

아메드가 아지즈의 이마를 만져 보았다. 이마는 펄펄 끓었다.

　- 너 아파?
　- 그냥 피곤해. 가자. 술라예드가 내일 올지도 몰라. 자러 가자.

　그날 이후, 아지즈는 아메드에게 끊임없이 명령을 내리면서 꼬마 장군처럼 행동했다. 아메드는 곧 자기 목숨을 내놓을 아지즈에게 감명받으며 시키는 대로 따랐다.

　아지즈는 아메드에게 모든 것이 다 잘 될 것이니, 걱정할 필요 없다는 말을 되풀이했다. 아주 간단했다. 모든 것을 같은 방식으로 하는 법을 익히기만 하면 됐다. 둘은 일란성 쌍둥이였지만, 부모님이 둘을 헷갈리는 일은 드물었다. 샤히나 할머니만 생전에 둘을 계속해서 헷갈렸을 뿐이다. 쌍둥이들이 할머니가 둘을 놀리려고 일부러 모른 척하는 게 아닐까 의심하기도 했었다. 그러므로 단순히 외모만 비슷해져야 하는 게 아니라, 행동까지도 닮아야 했다.

　- 넌 말이야, 꼭 겁에 질린 새처럼 움직여.
　- 전혀 아니거든.
　아메드가 반박했다.

   – 맞거든! 넌 떨고 있어. 걸음을 걷는 대신에 자꾸 콩콩 뛴다고.

   – 그러는 너는! 너는 꼭 잠든 물고기처럼 걸어.

   – 바보야! 물고기는 걷지를 않아.

   – 아니, 만약에 물고기가 걷는다면, 너처럼 걸을걸!

   – 잘 들어, 이제 난 발을 끌면서 걷지 않을 거야, 그러니까 너는 걸음을 걸을 때마다 발을 땅에 잘 디뎌. 그렇게 하면, 우리 걸음걸이가 똑같아질 거야. 해 봐!

   아지즈는 둘 사이의 모든 차이점이 흐려지도록 아메드를 끊임없이 가르쳤다. 아메드에게 하지 말아야 할 몸짓과 맞바꾸기를 수포로 만들어버릴 몇 가지 억양을 지적했다. 무슨 시합처럼 돼 버렸지만, 승자는 없을 시합이었다. 신기하게도, 아지즈는 둘 사이의 가장 확실한 차이에 대해서는 아무런 발견도 하지 못했다. 두 형제를 나란히 놓고 바라보면 단번에 알아챌 수 있는 차이점, 바로 자신의 야윈 모습을 말이다. 아지즈는 아픈 이후로 체중이 줄었다는 사실을 자각하지 못한 듯했다. 아메드는, 어머니가 일러준 대로, 음식을 남기고, 동생 몰래 자기 음식을 동생의 접시에 덜어 놓기까지 했다. 때때로 타마라도 아메드를 도와 아메드에게는 음식을 조금 주고 아지즈에게는 두 배로 주기도 했다. 하지만 어머니가 아메드에게만 음식을 조금 준다는 것을 아지즈가 알아차린 날 이후로는 계속할 수 없었다. 그녀는 아지즈가 자신이 아메드와 공모한 사실을 알게 될까 두려웠다. 타마라는 하루에도 몇 번씩 자기 자신을 저주했다. 그녀는 두 아들 모두를 절대적으로 사랑하는데, 마치 자신이 한 아들과 공모해 나머지 아들을 독살하려는 것처럼 수치스럽고 죄스러웠다. 그러나 그녀는 끝나지 않는 이 전쟁이 자신에게서 두 아들을 빼앗아 가게 둘 수 없다는 점에 대해서는 단호했다. 아메드의 살이 쉽게 빠지지 않자, 타마라는 아메드에게 식사 후 토할 것을 권했다. 곧 다가올 추수 기간 전에 술라예드가 오리라는 것을 남편을 통해 들었기 때문이다. 아메드는, 목구멍 깊숙이 손가락을 집어넣고, 울면서 토했다.

형제는 부모님이 마을로 떠나는 모습을 보았다. 아버지는
이웃의 트럭을 빌렸다. 살충제를 사러 가는 길이었다. 타
마라는 남편과 함께 가고 싶어 했다. 그녀는 마을에 가는
것을 좋아했다. 마을에 가면 일상에서 벗어나 장을 보며
다른 여자들을 만날 수도 있었다. 그녀는 아이들에게 과
자를 사다 주거나, 만화책을 아주 가끔 구해다 주기도 했
다. 만화책은 비싸고 구하기도 어려웠기 때문이다.

　트럭이 찻길에서 완전히 사라지자, 아지즈가 아메드의
팔을 잡고는 창고로 데려갔다.

　- 가자, 시간 낭비하지 말자! 열쇠 있어?
　- 항상 가지고 있어.

　아지즈는 폭탄 벨트를 다시 보고 싶었다. 아메드는 혹시
나 아버지가 돌아오지는 않는지 찻길을 한번 쳐다보면서

자물쇠를 열었다. 문이 열리자, 아지즈는 창고의 안쪽으로 뛰어 들어가 덮개 밑에 있던 천 가방을 끄집어냈다.

  - 오렌지 밭으로 가자!
  - 그건 너무 위험해.
  - 아냐, 한 시간 내로는 안 오실 거야. 얼른, 아메드, 가자!

아메드는 불안해하며 아지즈를 따라갔다. 둘은 큰 오렌지나무의 가지 밑에 앉았다. 나무 향기가 공기를 달콤하게 만들었다. 나무 위쪽에서는 벌들이 윙윙거렸다. 아지즈는 숨을 헐떡거리며, 가방에서 벨트를 꺼냈다.

  - 무겁네.
  - 아버지가 벨트의 무게에 익숙해져야 한다고 말씀하셨어.
  - 열쇠 나한테 줘, 내가 가지고 있을게. 할 수 있을 때마다, 창고로 가서 벨트를 해볼 거야. 떠날 때 준비가 돼 있어야지.

아메드는 마지못해 아지즈에게 열쇠를 건넸다. 아지즈는 일어서서 벨트를 차고는 서툴게 몇 발짝 걸었다.

  - 벨트를 셔츠 밑에 감춰야 해.
  - 나도 알아, 나 미친 사람 아니거든.

– 그럼, 그렇게 해!

– 언제 그렇게 할지는 내가 결정해.

– 알았어, 화내지 마.

– 화내는 거 아니야.

– 그런데 왜 소리 지르는데, 아지즈?

아지즈는 나무 사이를 누비며 멀어졌다. 아지즈는 중간 중간 멈춰서, 나무 몸통 뒤에 숨고, 적의 동정을 살핀 뒤, 다른 나무를 향해 뛰어갔다. 아지즈는 커다란 바위를 힘겹게 오르면서 놀이를 끝냈다. 예전에, 무니르 할아버지는 그 바위를 옮기려고 여러 번 시도했지만 소득 없이, 과수 한가운데 자리한 그 돌을 받아들이기로 했다. "어쨌든, 이 바위는 하늘에서 온 것일지도 모른다"라고 그는 생각했다. 자헤드도 바위를 타격해서 깨부수려고 했지만, 결국 포기하고 말았다.

아메드를 소스라치게 놀라게 만든 고함과 함께, 아지즈는 고독하고 고집스러운 그 바위를 영원히 오렌지 밭에서 없앨 수 있다는 희망 속에서 폭발했다. 아지즈는, 허공에 팔을 벌리고, 작은 조약돌들이 머리 위로 비처럼 내리는 상상을 했다. 당연히 자신의 몸 역시 흔들리는 하늘에서 떨어지는 파편의 일부가 되리라는 것은 잠시 잊은 채 말이다.

– 나 성공했어!

– 뭘?

– 안 보여? 폭발시켰어!

– 뭘 폭발시켜?

– 그 바위.

– 아무것도 안 보이는데.

– 상상하라고, 바보야!

– 오늘은 상상하고 싶지 않아.

– 왜 그래, 아메드?

– 너도 가끔 달리마 이모 생각해?

– 갑자기 이모 얘기는 왜 해?

– 넌 이모 편지에 답장한 적 없지.

– 이모 얘기는 하고 싶지 않아. 왜인지는 너도 알잖아.

– 이모 남편 때문이야?

– 그 사람은 산 건너편에서 우리한테 폭탄들을 던진 사람들이랑 같은 사람들이야.

– 그 사람은 아마 다를 거야.

– 아냐. 아버지가 그 사람들은 모두 개라고 했어. 너도 들었잖아. 술라예드 얘기도 들었고.

– 이제 창고로 돌아가야 할 것 같지 않아?

두 형제가 창고로 들어가 무거운 문을 닫는 순간, 엔진 소리가 들렸다.

- 아버지 오셨다.

아메드가 중얼거렸다.

- 아냐, 저건 이웃집 트럭이 내는 소리가 아니야.

잠시 후, 자동차 문 닫는 소리가 들렸다. 두 사람은 이어서 누군가 다가오는 소리를 들었다.

"아지즈, 안쪽에 숨어 있자."

문이 삐걱거리는 소리를 내며 천천히 열리기 전, 둘은 겨우 덮개 밑으로 들어갔다. 어떤 남자가 들어와, 몇 발자국을 걷고는, 멈춰 섰다. 두 아이는 숨을 참았다.

"너희들 여기 있는 거 알아. 길에서 봤어. 왜 숨은 거야? 아, 내가 찾아낸 것 같은데!"

남자는 이상하게 튀어나온 덮개 쪽으로 몸을 숙였다.

술라예드가 농담처럼 말했다.

- 진짜 여기에 큰 쥐들이 있구나. 다행히 내 앞에 멋진 삽이 하나 놓고 있네. 삽을 들어서 자기들이 안 보인다고 생각하는 나쁜 쥐 두 마리를 때려눕혀야지. 자, 거기서 나와, 할 말이 있어. 아버지 모시고 와.

- 지금 안 계세요.
아지즈가 머리 위의 덮개를 치우며 말했다.

- 어머니랑 마을에 가셨어요.
곧바로 아메드가 덧붙였다.

사내아이들은 자신들의 아지트에서 나왔다. 술라예드
는 어둠 속에서 아이들의 걱정스러운 눈빛을 읽었다.

"그래 아버지가 선택한 게 바로 너구나!"

아지즈는 서두르느라 미처 벗을 시간이 없었던 폭탄 벨
트를 안절부절못하며 팔로 가렸다.

- 네가 차고 있는 벨트는 장난감이 아니야.
- 알아요.
- 네가 아메드니, 아지즈니?
- 저는…… 저는 아메드예요.
아지즈가 거짓말을 했다.

- 아메드. 그래, 아메드, 축복받기를.

술라예드는 윗옷 주머니에서 끈으로 잘 묶인 돈뭉치를
꺼냈다.

"자, 너희 아버지에게 드려라. 선물이야, 너희 할아버지와 할머니에게 일어난 일에 대한 보상 같은 거지. 아버지에게 필요할 거다. 너희 어머니도 좋아하실 거고. 아메드, 앞으로 일어날 일은 슬프고 행복한 일이야. 알겠지, 응? 하지만 너는 행복하기만 할 거다. 너는 순교자로 죽게 될 거야. 세 배로 축복받았어."

아지즈는 한마디도 하지 않고 돈을 받았다. 그렇게 많은 돈은 본 적이 없었다.

"준비하고 있어, 아메드. 이틀 후에 다시 올 거야."

술라예드는 형제를 무거운 침묵 속에 두고 나갔다. 그는 창고 문을 둔탁하게 열고 먼지들이 날아다니는 빛줄기 속으로 사라졌다. 아메드와 아지즈는 그의 지프 소리가 완전히 멀어질 때까지 기다렸다가 무기력한 상태에서 빠져나왔다. 아지즈는 벨트를 벗고, 자신의 아지트에 다시 넣어두었다.

– 자, 아메드, 돈 받아. 아버지한테는 네가 줘야지.
– 네 말이 맞아. 이제 여기서 나가자.

아지즈는 창고의 문을 자물쇠로 잠그고 아메드에게 열쇠를 주었다.

- 네가 가지고 있지 않을 거야?
- 너 술라예드 얘기 못 들었어? 난 이틀 후면 떠나. 창고
에 다시 올 기회는 없을 거야.

아지즈가 아메드를 너무도 강렬하게 쳐다본 나머지, 아
메드는 고개를 돌리고는 이유도 없이 뛰기 시작해, 오렌지
밭으로 사라졌다.

집 안에는 슬픔이 가득 내려앉았다. 열린 창문으로 산들바람이 들어오는 데도 공기는 무거워졌다. 오렌지 나무들이 빛을 만들어내듯 집은 고요함을 만들어냈다. 술라예드가 다시 오는 날이 이튿날이라는 사실을 벽과 바닥, 가구들이 알고 있는 것 같았다.

아지즈는 온종일 아메드에게 자신은 행복하고, 모든 게 잘 될 거라고 속삭였다.

"걱정할 필요 없어, 우리는 맞바꾸기를 할 거고, 아무도 눈치 못 챌 거야."

아메드는 아무도 아지즈를 데려가지 못하게 두 팔로 꼭 껴안고 그 포옹 속으로 아지즈를 사라지게 만들고 싶어졌다. 아지즈는 할림처럼 죽게 될 것이다. 이 땅에서 다시는 아지즈를 볼 수 없을 것이다. 아지즈는 천국의 문에서 기다리겠다고 아지즈에게 약속했다. 아메드가 99세에 돌아가신 부디르 삼촌처럼 늙는다고 해도 기다리겠다고 했다. 그러면 둘은 다시 함께 있게 된다.

저녁이 되자, 자헤드는 아이들을 집에서 가장 큰 방으로 모이게 했다. 그는 이웃 몇 명과 오렌지 밭에서 일을 도와주는 일꾼 두 명을 초대했다. 그는 감격스러운 자부심과 함께, 사람들에게 자신의 어린 아들 아메드가 곧 순교자가 될 것이라 설명했다. 모두가 이번 초대를 자신들에게 부여된 영광으로 받아들였다.

타마라는 큰 축하연에 맞는 식사를 준비했다. 천장에는 여러 빛깔로 방을 물들인 색색의 전구 장식을 달았다. 하지만 지금은 장식을 단 것을 후회했다. 경사스러운 그 불빛이 신성 모독이자 초라한 거짓말처럼 느껴졌다. 그녀는 아버지 옆에 앉은 아메드에게 첫 번째로 음식을 주었다. 아메드는 창피했다. 이런 명예가 돌아가야 할 아지즈를 차마 쳐다보지 못했다. 식사를 하기 전, 자헤드는 이토록 용감한 아들을 자신에게 주신 신께 감사했다. 그는 더는 눈물을 감추지 못했다. 아메드가 모든 것을 말하고 고백하려는 듯 자리에서 일어났다. 타마라가 눈치를 챘다. 그녀는 아메드에게로 가서 아메드를 껴안았다. 아무것도 말하지 말라고 귀에다 속삭였다.

"네 동생을 위해서 참아줘, 제발 부탁할게."

아메드는 아지즈를 바라보았다. 아지즈는 이미 다른 사람이었다.

식사가 끝나고, 접시를 치우자, 손님들은 한 명씩 아메드를 만지고, 포옹하고, 울면서 아메드에게 인사했다. 그러고는 더는 다른 어떤 할 말도 할 것도 없다는 듯 고개를 숙인 채 조용히 떠났다. 타마라는 작은 전구 장식을 껐고, 노르스름한 촛불들이 다시 차지한 큰 방은 갑자기 공기가 부족한 것처럼 보였다.

두 형제는 평소보다 일찍 방으로 올라갔다. 아지즈는 하늘의 별들을 바라보며 오랫동안 창문 앞에 머물렀다.

지프 소리가 낮을 둘로 갈라놓았을 때는 정오가 다 되어 가고 있었다. 자헤드는 밭에 일하러 가지 않았고, 두 일꾼에게도 휴가를 줬다. 그는 타마라 그리고 두 아들과 함께 지평선을 주시하는 것 외에는 달리 아무것도 할 수 없었다. 네 사람은 현관 문턱에 앉아서 조용히 기다렸다. 지프가 자욱한 먼지 속에 멈추자, 모두 동시에 자리에서 일어났지만, 지프에서 내리는 술라예드에게로는 한 발짝도 다가가지 못했다. 술라예드는 천천히 그들에게 다가왔다. 혼자가 아니었다. 젊지도 늙지도 않은 한 남자가 술라예드 뒤에서 절뚝거리며 오고 있었다. 그는 어깨에 낡은 가죽 가방 하나를 메고 있었다. 술라예드는 그 사람의 이름을 말하지 않았다. 단지 그가 '전문가'라고만 알려 줬다. 흐릿한 눈을 가진 그는 시큼한 땀 냄새를 풍겼다. 자헤드는 타마라와 아지즈에게 집 안에 들어가서 기다리라고 했다. 두 사람은 마지못해 그 말을 따랐다. 전문가는 웃으며 아메드에게 다가갔다.

‒ 괜찮니?
  ‒ 괜찮아요.
  ‒ 몸집이 별로 안 크네. 몇 살이야?
  ‒ 아홉 살이요.

  두 남자와 아메드 그리고 아메드의 아버지는 연장 창고
로 향했다. 아메드에게 열쇠를 받은 자헤드가 자물쇠를
열었다. 그러고는 문이 활짝 열려 있도록 문틈에 나무판
자를 끼워 놓았다. 낮이 빛의 터널을 토했고 그 터널은 창
고 구석에 금빛 직사각형을 그렸다. 술라예드가 자헤드에
게 벨트를 전문가에게 주라고 했고, 전문가는 벨트를 빠
르게 살폈다. 만족한 전문가는 비닐이 입혀진 작은 상자
를 가방에서 꺼내 아메드에게 보여 주었다. 전문가는 아
메드에게 그게 뭔지 아느냐고 물었다.

  ‒ 아니요, 모르겠어요.
  아메드가 주뼛거리며 대답했다.

  ‒ 이건 뇌관이야. 알겠니?
  전문가가 아메드의 눈을 바라보며 말했다.

  ‒ 그런 것 같아요.
  ‒ 때가 되면, 네가 이걸 누르기만 하면 돼.
  ‒ 알겠어요.

- 잘 알겠어?

- 네.

- 신께서 널 축복하시기를!

전문가는 노란 선으로 작은 상자를 벨트에 매달았다.

- 두 번째 선이 있어. 잘 봐 봐, 빨간색이야. 보이니?

- 네, 보여요.

- 이건, 나중에 붙일 거야.

- 걱정 마라, 아메드, 내가 다 알아서 할 거야. 네가 산에 올라가기 직전에 내가 할 거야.

뒤에 서 있던 술라예드가 말했다.

술라예드는 자헤드에게 아메드는 알아듣지 못할 몇 마디를 했다. 그러고는 창고에서 나갔다가 일 분 뒤 카메라를 손에 들고 돌아왔다. 깜빡하고 지프에 두고 온 모양이었다.

"셔츠를 벗어라"

전문가가 아메드에게 명령했다. 아메드는 단호한 말투에 놀라 그의 말을 따랐다. 곧이어 전문가는 벨트를 내밀었다.

– 자, 벨트를 해.
– 왜요?
긴장한 아메드가 물었다.

– 사진 찍을 거야. 벽 쪽으로 가 봐. 똑바로 서 있어. 빛이
있는 쪽으로 돌아서. 그래. 고개 숙이지 말고.
술라예드가 설명했다.

놀라고 어리둥절한 아메드는 몸을 떨기 시작했다.

"왜 그래? 우리를 쳐다 봐! 적들을 생각하란 말이야! 그
들이 네 할아버지와 할머니에게 한 짓을 생각해!" 술라예
드가 소리쳤다.

아메드는 아무것도 생각할 수 없었다. 토할 것 같았다.

"고개를 들고 눈을 뜨란 말이야! 네 아버지를 봐! 아버
지를 불명예스럽게 만들지 마!"

술라예드는 사진을 한 장 찍고, 이어서 두 번째 사진을
찍었다.

"천국을 생각해."

아메드는 눈물을 참으면서 미소를 지으려 안간힘을 썼다.

"행복해라, 축복받아, 너는 신에게 선택됐다."

술라예드는 마지막 사진을 찍었다.

"셔츠 다시 입어. 네가 벨트를 찬 사진을 부모님이 보시면 아주 자랑스러워하실 거다."

자헤드가 아들의 손을 잡고 말했다.

"자, 엄마와 동생에게 작별 인사를 할 시간이 왔다."

그들은 창고에서 나왔다. 타마라가 아지즈와 함께 현관 문턱에서 기다리고 있었다. 아지즈는 피가 묻은 헝겊을 손에 감고 있었다. 아지즈는 좀 전에 오렌지를 자르다가 손을 베었다고 아버지에게 서둘러 설명했다.

– 형에게 작별 인사해라.
자헤드가 아지즈에게 말했다.

– 잠깐만요.

아지즈는 집안으로 뛰어 들어갔다가 큰 컵이 놓인 작은 쟁반을 들고나왔다.

– 동생이 널 위해 준비한 것 좀 봐.
불안한 목소리로 타마라가 말했다.

– 자, 마셔, 이거 마시면 너는 우리 땅에서 난 최고의 맛과 함께 떠나는 거야.
아지즈가 덧붙였다.

아지즈는 아메드에게 다가가 컵이 아메드에게 쏟아지도록 했다. 이 작은 사고는 며칠 전부터 쌍둥이들이 계획한 일이었다. 하지만 아메드가 동생 몰래 어머니에게 다 얘기했기 때문에, 타마라는 무슨 일이 벌어질지 이미 알고 있었다. 예정된 대로, 타마라는 아지즈의 뺨을 때리며 부주의함을 나무랐다. 전문가는 웃음을 터뜨렸다. 술라예드가 전문가를 조용히 시켰다. 그는 아메드의 더러워진 셔츠를 조심스레 들어올리고는 오렌지 주스가 벨트에 묻었는지 살폈다. 전문가는 그에게 아무런 문제가 없다고 설명했다. "물이든 주스든 피든 중요하지 않아, 아직 뇌관과 접속이 안 됐으니까."

– 알아, 또 설명할 필요 없어.
술라예드가 언짢아하며 말했다.

- 가서 옷 갈아입어.

타마라가 아메드에게 말했다.

- 내가 같이 갈게요.

곧바로 아지즈가 덧붙였다.

형제는 재빨리 방으로 올라갔다. 그들은 옷을 벗었다. 아지즈는 아메드가 벨트 푸는 것을 도왔다.

- 접속 이야기는 뭐야?

- 뇌관 얘기야. 잘 봐, 아지즈, 이 작은 상자가 뇌관이야. 전문가가 뇌관을 바로 여기 벨트에, 노란 선으로 연결했어. 알겠지.

- 빨간 선은?

- 술라예드가 창고에서 말했는데 이건 자기가 알아서 할 거래.

- 근데 언제?

- 네가 산에 가면.

- 내가 알아야 할 게 또 있어?

- 없어.

- 아지즈…….

- 왜?

- 더러워진 셔츠 다시 입지 마.

서로 옷을 바꿔 입은 뒤, 아지즈는 무니르 할아버지가 쓰던 작은 칼을 아메드에게 주었다. 아지즈는 그 칼을 집의 파편 속에서 찾아냈었다.

　– 왼쪽 손을 베, 틀리면 안 돼.

　아메드는 엄지손가락 아랫부분을 칼로 그었다.

　– 자, 아메드, 네 거야.
　– 이게 뭐야?
　– 보다시피 편지잖아. 내가 죽고 난 다음에 읽어 봐, 알았지?
　– 약속할게.
　– 아니, 맹세해.

　아메드는 상처에서 난 피를 편지 봉투에 조금 떨어뜨렸다.

　"맹세할게."

　아메드는 편지 봉투 위의 붉은 자국을 손가락으로 눌러 크게 만들었다. 마치 그것이 편지를 봉인함과 동시에 그들의 맞바꾸기를 되돌릴 수 없게 만드는 인장인 듯 말이다. 아지즈는 양의 피가 묻은 헝겊을 아메드에게 주었다.

아메드는 헝겊을 다친 손 주위에 감았다. 두근거리는 마음으로 두 형제는 아래층으로 내려갔다. 이제, 아지즈는 아메드였고, 아메드는 아지즈였다.

아지즈 이야기

"아지즈, 뭐가 문제지?"

미카엘이 세 번이나 물은 끝에야 학생은 고개를 들고 당황한 미소를 지었다.

– 아무것도 아니에요, 선생님.
– 그게 아닌 것 같은데.

미카엘은 7살 정도의 어린아이, 소니 역할에 아지즈를 뽑았다. 그리 어려운 선택은 아니었다. 아지즈는 놀란 듯 경계하는 어린아이의 눈을 간직하고 있었다. 그의 목소리에는 스무 살의 청년에게는 어울리지 않는 부드러움이 깃들어 있었다. 미카엘은 항상 아지즈에게 목소리를 감추지 말고 밖으로 내라고 끈질기게 요구했다. 포식자를 경계하며 도망치는 동물처럼 연약한 그의 존재는 주어진 역할에 잘 맞아떨어졌다.

미카엘은 4년간의 연기 교육을 마친 학생들의 졸업 연극을 위해 특별히 이 대본을 썼다. 몇 달 뒤, 학생들은 모두 연기 경력을 쌓으려 오디션을 보러 다니는 신인 배우들이 되어 있을 것이다. 시간이 흐르면, 미카엘은 몇몇 학생들을 맥주나 샴푸 광고에서 보게 될 수도 있을 것이다. 또 몇몇은 TV 시리즈의 작은 역할들을 따낼 것이다. 물론 대부분의 학생들은 여전히 식당 서빙 같은 일을 하고 있을 테지만 말이다. 운이 좋고 재능 있는 학생들은 언젠가 유망한 감독들의 눈에 띄어 이들이 제안하는, 사랑에 빠진 청춘남녀 같은 큰 역할을 맡을 수도 있을 것이다.

미카엘의 연극 속에서, 소니는 적군의 손에 운명이 달린 아이다. 아이는 부모가 잔혹하게 살해된 현장의 무력한 목격자였다. 군인은 아이 아버지의 양손을 자르고 그를 총으로 쏴 죽였다. 그러고 아이 어머니를 강간한 뒤, 죽은 그녀를, 양손이 절단된 남편의 시신 위로 던졌다. 자신이 저지른 범죄가 역겨워진 군인은, 장면이 거듭될수록, 자신의 아들을 떠올리게 하는 소니를 제거해야 할지 말지 고민한다. 그 장면은 군인이 아이에게 부모와 같은 운명을 겪으면 안 되는 타당한 이유를 대라고 말하며 끝이 난다. 소니는 침묵한다. 적군의 기지 두 군데가 교차되는 방식으로 나타나는 다른 장면들을 통해, 연극은 전쟁의 부당함을 고발한다.

미카엘은 학생들을 아버지와 어머니 그리고 아이, 적군 군인, 적군 코러스 등 세 개의 다른 그룹으로 나눴다. 연습은 비교적 순조롭게 진행됐다. 학생들은 정확했고, 잘 집중했다. 연극이 만들어지는 초기 단계였기 때문에, 모든 종류의 감정을 연기하는 것은 불가능했다. 자신의 몸을 공간에 배치하고, 시선을 처리하며, 동작을 통제하고, 서두르지 않고 리듬감 있게 대사를 말하는 방법을 배워야 했다. 미카엘은 강간 장면에 어려운 점이 있다는 사실을 알았지만, 그 장면은 과도한 긴장감 없이 잘 마무리됐다. 그러나 군인이 아이의 부모를 살해하고 아이에게로 다가갈 때, 거의 종교에 가까운 어떤 감정이 학생들을 모두 사로잡았다. 눈이 멀지 않고서야 그 감정이 소니가 아닌 아지즈로부터 나오는 것임을 모를 수 없었다

　- 아지즈, 뭐가 문제지?
　- 아무것도 아니에요, 선생님.
　- 아닌 것 같은데.
　- 저는 이 역할을 맡을 수가 없어요.
　- 왜지?

아지즈는 더 이상 말하지 않고 교실을 떠났다.

다음날, 아지즈는 연기 수업에 출석하지 않았다. 미카엘
은 매우 난처했다. 이틀 후, 그는 아지즈에게 전화를 걸어
학교 근처 카페에서 만날 약속을 했다. 약속 시각보다 먼
저 도착한 그는 초조하게 제자를 기다렸다. 전화 통화를
할 때, 아지즈는 망설이는 듯했다. 분명, 뭔가가 그를 괴롭
히고 있었다. 카페의 큰 창문 너머로 청년의 실루엣을 발
견했을 땐 약속 시각이 30분 넘게 지나 있었다. 빨간 목도
리로 얼굴을 약간 가리고 자기에게는 너무 큰 모자를 쓰
고 있던 아지즈는 카페 앞을 서성거리고 있었다. 미카엘이
밖으로 나가 그에게 손짓했다.

  - 왜 안 들어와?
  - 모르겠어요.
  - 좀 걸을까?
  - 네.

두 사람은 한참을 말없이 걸었다. 미카엘은 마음이 불편했고, 아지즈는 더할 것이라 짐작했다. 눈이 살짝 내리고 있었다, 올겨울 첫눈이었다. 미카엘은 주위를 날아다니는 작은 눈송이들을 바라보았다. 카르티에라탱(캐나다 몬트리올-역주)은 비교적 조용했다. 대부분의 사람은 사무실, 상점, 식당에서 일하느라 여전히 바빴다. 미카엘은 집에 돌아가려고 서두르는 사람들 무리에 점령당하기 전, 도시가 잠시 휴식을 취하는 이런 한적한 순간을 좋아했다.

"아이가 왜 죽어야 하죠?"

미카엘은 아지즈의 질문에 너무 놀란 나머지, 몇 초 동안, 아지즈가 무슨 말을 하는지 이해하지 못했다.

– 아이?
– 네, 선생님 연극에 나오는 그 아이요.
– 왜냐하면……, 왜냐하면 전쟁이니까 그렇지, 아지즈.
– 전쟁의 잔혹함을 보여 주고 싶으신 건가요?
– 그래, 그것도 내 연극의 목적 가운데 하나라고 할 수 있어.
– 죄송한데요, 선생님, 무례하게 굴고 싶진 않지만, 저는 동의할 수 없어요.
– 무슨 동의?
– 그것으로는 충분하지 않아요.

- 뭘 말하는 거지, 아지즈, 말해 봐.

- 그걸 보여 주려는 거요, 모든 잔인함을요.

- 내 연극에서 아이가 죽지 않기를 바라는 거니, 그런 거야? 하지만 그 아이가 용병을 상대로 무엇을 할 수 있겠니?

- 그건 공평하지 않아요.

- 나도 안다. 하지만 전쟁은, 원래 그런 거야.

- 선생님은 선생님이 무슨 말을 하는지 모르고 계세요!

평소에는 너무도 내성적이었던 아지즈의 날카로운 말투가, 두 사람을 다시 침묵 속에 가두었다. 제자는 빨리 걷기 시작했고, 미카엘은 겨우 그의 속도에 맞췄다. 두 사람은 길모퉁이에 서서 신호등이 초록불로 바뀌길 기다렸다. 미카엘은 숨을 가다듬고, 눈이 오긴 했지만, 아지즈에게 길 건너편에 있는 작은 공원에 가서 앉자고 했다. 아지즈는 아무 말도 하지 않았고, 미카엘은 아지즈도 동의한 것이라 생각했다. 미카엘이 방금 벤치에 쌓인 눈을 치웠고, 두 사람은 각자 팔짱을 낀 채 나란히 앉았다. 두 사람의 입김은 작고 하얀 구름으로 바뀌어 공기 중으로 빠르게 흩어졌다.

미카엘은 대화를 다시 이어가지 못했다. 공격을 받은 느낌이었다. 왜, 예술가로서, 전쟁에 대해 말하면 안 되는가?

춥지 않은지 물으려 고개를 돌린 순간, 미카엘은 아지즈의 볼에 흐르다가 멈춰 얼어 버린 눈물을 보았다.

- 제 역할은 다른 사람에게 주세요.
- 대체 왜, 아지즈? 이유를 설명해 봐.
- 공평하지 않아요, 이미 말씀드렸잖아요.
- 공평하지 않은 건 당연한 거야. 관객들도 너처럼 느낄 거고, 그게 바로 내가 바라는 거야. 넌 지금 몹시 혼란스러워 보여. 아지즈, 지난번 연습 때 무슨 일이 있었던 건지 말해 주겠니?
- 제 이름은 사실 아지즈가 아니에요.
- 무슨 말이야?
- 아메드. 예전에는 이게 제 이름이었어요.
- 예전이라니?

해가 기울고, 몇몇 네온사인이 수줍게 밝았다. 작은 공원에서 나온 뒤, 아지즈는 그의 큰 걸음걸이 속도에 맞춰, 미카엘에게 단숨에 자신의 어린 시절을 이야기했다. 그들은 발걸음이 자신들을 어디로 이끄는지 알지 못한 채 꽤 오랜 시간을 도시 안에서 걸었다. 여전히 눈이 내리고 있었고, 눈의 보호막이 아지즈의 이야기를 부드럽게 감쌌다. 눈은 이야기를 시간과 공간으로부터 떨어뜨리며, 곧 사라질 듯한 여린 꿈의 짜임새를 만들어냈다.

— 둘이 바꾸고 난 뒤에는 어떻게 됐어?
— 동생이 죽을 때까지 기다렸다가 편지를 읽겠다고 동생한테 맹세했어요. 그렇게 했어요, 기다렸죠. 부모님과 저, 우리는 그렇게 했어요, 우리는 동생의 죽음을 기다렸어요, 불안감에 입을 틀어막은 채, 마치 우리가 기다리는 게 비나 아침인 듯 말이에요. 이틀 후, 우리는 술라예드가 돌아온 것을 행복한 일처럼 반겨야 했어요. 그 사람은 신

문지로 쌓인 큰 상자를 가지고 지프에서 내렸어요. 우리 모두 그게 뭔지 알고 있었죠. 우리는 집에서 가장 큰 방에 앉았어요. 어머니가 차를 준비하셨지만, 술라예드를 빼고는 아무도 차에 손대지 않았어요. 우리는 그 사람이 말을 꺼내기를, 마음 졸이며 기다렸어요, 산 건너편에서 일어났던 일을 우리에게 이야기해 주길 기다렸죠. 술라예드가 엄숙한 목소리로 말하기 시작했어요.

"당신의 가정은 우리 민족에게 순교자를 주었습니다. 신께서 이 가정을 축복하시기를! 아메드는 지금 천국에 있습니다. 아메드는 최고로 행복해했습니다. 그 아이의 행복은 영원합니다. 기뻐하세요! 그래요, 아들을 잃은 당신의 고통을 압니다만, 기뻐하세요, 고개를 들고 자랑스러워하세요." 그는 고개를 돌려 제게 말했어요. "그리고 너, 더 이상 울지 마라, 네 형제는 너와 함께 있어, 느껴지지 않니? 이렇게 가까이 있던 적이 없어, 오 그래, 이렇게 네게 가까이 있던 적이 없다. 그 아이는 산 앞에서, 날 떠나기 전에, 내게 다시 한번 너와 너희 부모님에 대한 사랑을 이야기했어. 모두 행복하고 축복받으시길."

술라예드는 잠시 말을 멈추고 차를 다 마셨어요. 우리는 차마 그에게 묻지 못했어요. 어머니는 그 사람에게 차를 더 권했어요. 그는 어머니 말을 못 들은 것처럼 다시 속삭이며 이야기를 계속했어요.

"그자들에게서 아메드가 한 임무에 대한 이야기를 들을 수는 없을 겁니다. 그건 제가 보장해요. 자신들의 패배가 너무 치욕스럽기 때문이죠. 아메드는 완벽한 폭발에 성공했어요. 그래요, 제가 말씀드릴게요, 아메드는 자신에게 맡겨진 목표를 보기 드물게 효과적으로 완수했어요. 신께서 아메드를 이끄셨어요, 신께서 산속에서 그 아이의 발걸음을 이끄셨고, 밤에는 그 아이를 밝혀 주어 탄약이 가득한 그들의 막사까지 잠입할 수 있도록 하셨어요. 아메드는 모든 걸 다 폭파했습니다."

술라예드의 얼굴은 큰 미소로 갈라졌어요. 티끌 없이 흰 그의 치아가 어두운 그의 수염 속에서 빛났죠. 그의 몸은 갑자기 새로운 에너지로 채워졌어요. 자기가 들고 온 상자의 포장을 벗기려고 일어났을 때, 그 사람은 더 크고 더 강력해 보였어요. 그 사람이 아버지에게 선물을 전해 줬어요. 창고에서 찍은 죽은 아들, 순교자 아들의 사진이었어요. 그는 의기양양하게, 트로피처럼 사진을 들었어요. 어머니는 내게 애원하는 눈길을 보냈어요. 사진 속에 있는 제 모습을 확인하고서, 저는 방을 뛰쳐나갔어요. 잠시 후에, 술라예드의 지프에 시동이 켜지는 소리가 들렸죠. 저는 제 방 창문에 기대서, 오렌지 밭을 떠돌던 지프 소리를 다시는 듣지 않길 바라며, 차가 멀어지는 모습을 지켜봤어요.

아지즈는 외투를 벌리고 손을 안쪽으로 넣어 접힌 봉투 하나를 꺼냈다.

"제 동생이 쓴 편지예요."

봉투는 누렇게 변색된 채 너덜너덜해져 있었다. 미카엘은 봉투를 펼치면서, 자기 옆에 있는 아지즈가 아메드였을 때 떨어뜨렸던 갈색 핏자국을 발견했다. 그는 자신을 강렬하게 뒤흔드는 어떤 감정을 느꼈다. 자신의 손으로 그 봉투를 만지면서 두 형제의 이야기에 가담하는, 그 이야기를 만지는 기분이었다. 마치 이들 과거의 조각 하나가 살아남아 다른 행성에서 구현되는 것 같았다. 미카엘은 봉투를 열었다. 봉투 안에는 아마도 아랍어로 쓰인 짧은 편지가 있었다.

"해석해 줄 수 있니?"

아지즈는 조금씩 번역하며 편지를 읽어 내려갔다. 어느 순간, 미카엘은 아지즈가 편지를 읽고 있지 않다는 걸 알아차렸다. 아지즈는 편지를 외우고 있었고, 미카엘은 아지즈가 이 편지를 기도처럼 수천 번을 읊었으리라는 걸 짐작할 수 있었다.

아메드,

내가 큰 도시의 병원에 있었을 때, 우리랑 나이가 같은 한
여자아이를 알게 됐어. 옆 침대에 누워 있던 아이야. 난
그 아이가 참 좋았어. 이름은 날리파였어. 내가 잠자는
동안 그 애가 무슨 대화를 들었었나 봐. 의사 선생님이
아버지한테 내가 영영 나을 수 없다고 말하고 있었대.
내 안에서 뭔가 썩어 가고 있어. 내 몸 안에서 썩어 가고
있는 걸 멈출 수 있는 사람은 이 세상에 아무도 없어.
날리파가 퇴원하기 전에 나한테 모든 걸 다 이야기해
줬어. 난 그 애가 용감하다고 생각했어. 그 애는 자기한테
일어날 일까지 알고 있었어. 왜냐면 날리파도 아주 많이
아팠거든. 그 애는 나한테 벌어질 일을 나도 알고 있어야
한다고 말했어. 너도 그걸 알면 좋겠어. 하지만 내가
산으로 떠나기 전까지는 안 돼. 왜냐하면, 네가 그 사실을
알게 된다면, 넌 내가 떠나게 두지 않을 거니까. 난 널 잘
알아, 너는 나와 바꾸겠다고 하지도 않을 거야. 그렇지만

네 덕분에, 난 영광스러운 죽음을 얻게 될 거야. 고통받지 않을 테고, 네가 이 편지를 읽을 때면, 난 천국에 있을 거야. 그것 봐, 난 네가 생각하는 것만큼 용감하지 않아.

아지즈

미카엘은 충격을 받았다. 이 작별의 편지를 쓴 아이는 아홉 살이었다. 이 편지의 수신인도 같은 나이였다. 미카엘은 전쟁이 어느 정도로 어른들의 세계와 아이들의 세계 사이의 장벽을 허물어 버렸는지 다시금 느꼈다. 그는 한마디도 꺼내지 못한 채 아지즈에게 편지를 돌려줬다.

두 남자는 도시 산책을 이어 갔다. 그들이 지나고 있던 작은 차이나타운은 눈 때문에 모습이 변했다. 상점들이 눈 위로 불그스름한 빛을 발하고 있었다.

"내 동생은 날 몰랐어요. 잘못 알고 있었던 거죠. 어머니가 부탁하지 않으셨어도, 저는 바꿨을 거예요. 저는 겁쟁이였어요."

아지즈는 무언가로부터 도망치고 싶어 하는 듯 걸음을 재촉했다. 미카엘은 놀라서, 그 고백에 어떻게 반응해야 할지 몰랐다. 잠시 동안, 그는 아지즈가 더 굵어지는 눈 속으로 사라지는 모습을 바라보았다. 자신의 비밀과 함께 멀어지는 누군가를 지켜보는 이 장면을 그는 이미 본 적이 있는 것 같았다.

  – 아지즈, 기다려! 자책할 건 하나도 없어. 네가 방금 내게 해준 어린 시절 이야기든……, 네가 겪어야 했던 것들이든……, 그렇게 많은 시간이 흘렀는데도 여전히 격렬한 그곳의 전쟁이든, 아들 두 명을 모두 잃고 싶지 않았던 너희 어머니에 대해서든…….

  – 이해를 못 하셨군요. 저는 그 벨트가 무서웠어요, 그 술라예드라는 사람이 무서웠다고요. 그래서 저는 거짓말을 했어요, 용감한 척한 거예요. 죽고 싶지 않았다고요! 아시겠어요, 선생님?

아메드는 오랫동안 걷고, 걸었다. 그러나 그의 발걸음은 오렌지 밭의 고독한 바위로만 그를 이끌었다. 한 번의 도약으로, 그는 새처럼 가볍게, 바위 위로 뛰어올랐다. 주위에는 온통, 반짝이는 과일을 매단 무거운 가지들이 바람에 흔들리고 있었다. 아메드는 눈을 감고, 오렌지 두 개를 손에 닿는 대로 땄다. 매우 들뜬 그는, 오렌지 두 개를, 하나는 바위 위 오른쪽에, 하나는 왼쪽에 놓았다. 먼저 그는 오른쪽에 있던 오렌지를 무니르 할아버지의 칼로 잘랐다. 반으로 가른 두 조각에서는 씨가 하나도 나오지 않았다. 다른 오렌지를 잘랐다. 과일에서 피가 터져 나왔다. 숫자를 세고 또 센 뒤 아홉 개의 작은 치아를 발견했다. 치아들을 손바닥 가운데에 놓자, 밀랍처럼 녹기 시작하며 그의 손을 데게 했다. 그러다 아메드는 꿈에서 깼다.

이제는 너무 넓어져 버린 침대에서 잠을 자지 않을 때면, 아메드는 자기 방 창문에서 밖을 바라보며 시간을 보냈다. 지평선을 계속 주시하다 보면, 천 개의 조각으로라도 동생이 나타나게, 산의 건너편에서 돌아오게 할 수 있을 것이라고 생각했다. 어머니가 방문을 두드리며 아메드를 불렀지만, 대답하지 않았다. 어머니는 방에 들어와, 세상 모든 슬픔을 다 가진 듯 아메드를 바라보았다.

– 뭐라도 좀 먹자.
타마라가 애원했다.

– 배 안 고파요.
– 그러다 병나겠어. 동생을 위해서라도 먹어. 네 동생이 네가 이렇게 침대에서만 지내는 모습을 보면 좋아할까? 그럴까? 엄마한테 대답 안 하니? 얘기 좀 해 봐, 아메드. 엄마 마음이 지금 어떨 것 같아? 누군가를 탓해야 한다면, 그건 바로 나야. 누군가 고통받아야 한다면, 그것도 나야. 알겠어, 아메드? 모든 고통은 엄마에게 넘겨, 내가 알아서 할 테니. 그리고 너는, 살아가는 것에만 신경을 써. 제발, 조금이라도 좀 먹고 잊어, 잊어……

아메드는 침묵 속으로 자신을 닫아 버렸고, 타마라는 산산조각 난 마음으로 방문을 닫았다. 할아버지의 칼로 손에 낸 상처는, 표면적이긴 했지만, 흉터가 남지 않았다. 아메드는 계속 상처를 손톱으로 다시 벌려서 피가 나게 했다. 훨씬 더 많은 목소리들이, 비난하는 말들로 아메드를 쫓아다녔다. 그 목소리들은 돌을 두드리는 삽처럼 머릿속을 울렸다. 목소리들은 별다른 이유 없이 아메드를 조롱하고 비웃었다. 아지즈의 베개를 꼭 끌어안지 않으면 더 이상 잠을 잘 수도 없었다. 어느 날 밤, 아메드는 자신이 아지즈의 몸을 팔로 감싸 안고 있다는 확신에 사로잡혔었다. 너무도 강력한 감각이었기에 기쁨의 눈물을 흘리기까지 했다.

"아지즈는 벨트를 차고 적군의 막사를 폭파시키려고 떠난 게 아니야. 아니야, 그 얘기는 전부, 내가 상상하거나 꿈꿨던 거야." 아메드는 잠들기 전, 이 말을 기도문처럼 계속 되풀이했다.

베개를 너무나 강하게 끌어안았던 나머지, 그는 잠결에 베개에서 피가 흘러나온다고 생각했다. 역겨움을 느낀 아메드는 베개를 바닥에 던지며 소스라치게 놀라 깨어났다. 침대에서 몸을 일으킨 아메드는, 창문 아래 웅크린 어두운 덩어리를 발견했다.

"거기 누구예요?"

아메드는 누군가의 숨소리를 들었다.

– 날 못 알아보겠니?

– 무니르 할아버지!

– 가까이 오지 마라. 날 보지 않는 게 좋겠다.

– 왜요?

– 보기 좋은 모습이 아냐. 침대에 있어.

– 그날 내가 창고에서 본 게 할아버지 맞죠?

– 내 그림자였어.

– 할아버지 천국에 안 갔어요?

– 아직. 네 할머니를 찾고 있어.

– 할머니랑 같이 있지 않아요?

– 그래, 아메드. 폭탄이 떨어졌을 때, 할머니는 침대에 없었어. 우리 몸은 반대 방향으로 조각나 흩어졌어.

– 할머니는 부엌에서 발견됐어요. 케이크를 만들고 계셨어요.

아메드가 머뭇거리며 말했다.

– 케이크?

– 네, 엄마가 그렇게 말했어요.

– 개들이야, 아메드.

– 개들이요?

– 개들. 개들! 할머니는 개들이 무서워서 한밤중에 깨어날 수밖에 없었던 거야. 너도 잘 알지, 산 건너편에 있는 우리의 적들 말이야. 할머니는 항상 부엌에 있어야 안전하다고 느꼈단다.

– 할아버지 말이 맞을 수도 있겠네요.

136

– 잘 들어라, 아메드. 너는 네 동생의 자리를 대신 차지할 권리가 없었어.

– 저는 그러고 싶지 않았어요. 어머니가 그렇게 하라고 시켰어요.

– 넌 네 아버지 말에 복종하지 않았어. 넌 큰 죄를 저지른 거야.

– 그런데요 할아버지, 아지즈는 아팠고……,

– 나도 안다, 나도 다 알아! 하지만 너는 신을 거역했어.

– 아니에요!

– 넌 신을 거역했어, 아메드! 그래서 너희 할머니와 내가 헤어진 거야. 네 잘못으로, 난 천 번의 죽음을 겪고 있어. 네 잘못으로, 할머니는 천국으로 가는 길을 찾지 못했어.

– 아니에요!

– 우리는 끝없는 어둠 속에서 길을 잃었어. 네가 네 피로 우리의 죽음을 앙갚음하지 않는 한 난 네 할머니 샤히나를 찾지 못할 거야. 너도 우리의 복수를 해라! 네 동생의 피로는 충분하지 않아!

– 싫어요!

– 우리의 복수를 해라, 그렇지 않으면 할머니와 난 죽은 자들의 세계에서 영원히 떠돌게 될 거야.

– 싫어요, 그러고 싶지 않아요! 절 내버려 두세요, 할아버지!

– 너한테 이러고 싶지는 않았지만, 지금은 선택의 여지가 없구나. 네가 날 잘 볼 수 있도록 어둠 속에서 나가마.

봐라, 아메드, 개들이 내게 한 짓을, 내 몸과, 내 얼굴에 남은 것을 봐. 나는 이제 눈도 없어. 네게 말하고 있는 이 입술을 봐, 이제는 피 흘리는 상처일 뿐이야, 한번 봐!

아메드는 자신에게 다가오는 피로 가득 찬 큰 입술을 보았다.

"도둑놈! 도둑놈!
내가 널 고발할 거야!
넌 네 동생 인생을 훔쳤어!
넌 동생의 몸을 조각냈어!
넌 그걸 네 베게 밑에 숨겼어!"

그날 밤, 공포에 빠진 아메드의 비명이 자헤드와 타마라를 깨웠다. 그들이 방에 들어왔을 때, 아이는 침대 위에 일어선 채, 손가락으로 창문을 가리키며 두려움에 울부짖고 있었다. 아메드는 상처가 난 손을 물어뜯고는 자기 피를 얼굴에 칠해 놓았다. 그는 도디의 큰 입이 자기를 먹으려 한다고 끊임없이 말했다.

새벽 무렵, 자헤드는 이웃의 트럭을 빌렸다. 뭔가 해야만 했다. 아메드는 열 때문에 불덩이였고 의식이 혼미했다. 동생의 죽음 이후, 아메드는 계속 몸무게가 줄어 뼈만 남을 지경이었다. 타마라는 아메드를 담요로 싸고, 아메

드와 함께 트럭에 올라탔다. 그녀 자신도 열이 나는 것 같
았고 눈물을 참을 수 없었다. 몇 달 전, 자헤드는 자동차를
빌려 아들 아지즈를 병원에 데려갔다. 그날 아침 또다시
큰 도시로 가면서, 자헤드는 같은 아들을 데려간다고 믿
었었다. 이번에 부인이 품에 안고 있는 아이는 사실 아메
드라는 것을, 그는 의심하지 못했다. 그들은 최근에 폭격
으로 훼손된 마을 여러 곳을 지났다. 갑자기 자헤드가 트
럭을 멈췄다.

　– 의사가 우리한테 이미 얘기했었잖아. 이게 끝이야, 타
마라.
　– 아니야, 그럴 수는 없어!
　– 저 애가 평화롭게 죽도록 해야 해. 그리로 데려가는 건
아무 소용도 없을 거야. 오히려 아이한테 더 끔찍한 일이
될 거야. 우리한테도. 우리, 집으로 돌아가자.
　– 제발, 자헤드, 이 아이를 병원에 데려가야 해.
　– 도로들도 이젠 더 이상 안전하지 않아. 당신도 알잖아,
얼마 전부터 너무 위험해졌어. 그런다고 뭐가 달라지겠어,
응? 내게, 아지즈는 이미……,
　– 당신 정말 매정해!

　타마라는 두 형제의 맞바꾸기를 남편에게 말하려고 했
었다. 하지만 자헤드가 큰 도시 쪽으로 다시 차를 몰았다.

병원에서 자신에게로 몸을 기울인 아버지의 얼굴을 알아봤을 때, 아메드는 이상한 일이 일어났다는 것을 알게 됐다. 아버지가 그렇게 온화한 미소를 짓는 것을 본 적이 없었다. 자헤드는 더 이상 같은 사람이 아니었다.

어머니는 아메드가 정신을 차리지 못한 며칠 동안 있었던 일을 설명해 주었다. 의사는 아메드를 아지즈로 여기고 검사를 했다. 예상대로였다. 암의 흔적은 하나도 발견되지 않았다. 아지즈를 치료했던 의사에게, 그것은 진정한 기적이었다. 그렇지 않고서는 이 놀라운 완치를 설명할 수 없었다. 그 기적은 자헤드를 기쁨에, 그의 부인을 불안에 빠뜨렸다.

집으로 돌아온 후, 자헤드는 자신의 기도가 이루어졌다고, 신께서 아픈 아들을 고치셨다고 모두에게 이야기했다. 아버지는 아이에게 다가와서, 아이가 진짜 살아있는지 확인하려는 듯 아이를 만지고, 품에 안으며, 희생한 아들의 죽음이 헛되지 않았고, 신께서 그의 형제를 낫게 하는 것으로 보상해 주셨다고 말하고 또 말했다.

아메드는 수치스러웠고, 공포스럽기까지 했다.

얼마 지나지 않아, 그 지역의 전쟁이 소강상태로 들어갔다. 폭격은 사실상 멈췄다. 수확 철이 다가오고 있었고, 자헤드는 자신을 도와 오렌지 밭에서 일해 줄 일꾼을 열 명 남짓 고용했다. 오렌지 바구니들이 작은 창고에 쌓였고, 수확도 곧 끝나가고 있었다. 그래서 자헤드는 순교자로 죽은 아들 아메드와, 신이 구해 준 다른 아들 아지즈를 위한 성대한 축하연을 열기로 마음먹었다. 그렇게 그는 그해 수확의 마무리를 축하하기 위해 사람들을 초대했다.

많은 사람들이 참석했다. 일꾼들과 친척들, 이웃들이었다. 자헤드는 할림의 아버지 카말과 술라예드도, 당연히, 초대했다. 타마라는 집을 꾸몄고, 이웃 여자들이 와서 음식 준비를 도왔다. 아메드는 새 옷들도 얻었다. 거실 장식에는 순교자 아들의 커다란 사진이 걸렸다. 그 앞에는 여러 개의 등이 켜졌다. 아메드는 장식을 쳐다볼 수 없었다. 그 앞을 지날 때마다 고개를 숙여야만 했다. 그 사진은 거짓이었다. 집 안에 이렇게 많은 사람이 모인 적이 없었다. 사람들은 행복한 것처럼 이야기했다. 이런 떠들썩한 행복 역시 거짓이었다. 타마라가 식사를 내오기 전, 자헤드는 부서진 부모님의 집터에 고집스레 모두를 데려갔다. 이야기를 듣는 사람들 덕분에 고무된 에너지로, 그는 운명의 그 밤에 대해 이야기했다. 귀를 멍하게 만든 폭탄의 소음과, 그 뒤를 이은 끔찍한 냄새, 파편, 잘게 찢긴 불쌍한 부모님의 시신을 묘사했다. 사람들은 산 쪽으로 몸을 돌리며, 적에게 목청껏 욕을 퍼부었다. 바로 그 순간, 두 개의 손이 아메드의 어깨에 올려졌다. 아메드가 돌아보자, 술라예드가 활짝 웃고 있었고 그 웃음은 아메드를 두렵게 했다.

"어떻게 지내니?"

아메드는 그에게 대답할 수가 없었다.

"말문이 막혔니?"

아메드의 목구멍 안에서 말들이 서로 엉켰다.

"네가 아메드니, 아지즈니? 신기하지, 그게 도통 기억나지 않는단 말이야. 나랑 같이 갔던 게 누구야, 응?"

아메드는 그가 거짓말을 하고 있거나 기억나지 않는 척한다는 걸 알았다. 모두가 순교로 죽은 아이의 이름을 알고 있었다. 축하연이 시작된 이후 모두가 그 이름을 열 번도 넘게 말했었다. 그 이름은 바로 자신의 이름이었다.

아메드는 술라예드에게 한마디도 하지 않은 채 집으로 돌아왔다. 식사가 끝난 뒤, 자헤드는 자리에서 일어났다. 모두를 조용히 시킨 뒤, 카말에게, 손님들한테 한 마디를 해 달라고 부탁했다. 카말이 일어나서 외아들 할림의 희생에 대해 말했다. 몇 달 새, 카말은 많이 늙어 있었다. 목소리는 떨렸고, 그의 말은 상해 버린 열매처럼 입에서 떨어져 나왔다. 그는 자신이 가장 행복한 아버지라고 장담했다. 그의 아들은 천국에 있었다. 자헤드는 그다음으로 술라예드에게 이야기를 부탁했다. 그의 큰 몸집은 침묵과 존경심을 동시에 불러일으켰다.

"수확은 희망을 키우고, 희망은 진실 보기를 두려워하지 않는 눈빛 속에 있다, 라고 우리의 위대한 시인 나할은 말했습니다."

술라예드는 이 문장으로 사람들에게 이야기를 시작했다. 아메드는 이 문장을 절대 잊지 못하고 그 후로 종종 되뇌게 됐다. 아메드에게 이 문장은 빛나는 문장이기도 하고 동시에 눈을 멀게 하는 문장이기도 했다. 좀처럼 풀리지 않는 수수께끼처럼 말이다. 아메드는 술라예드가 자신을 향해서만 이 문장을 말한 것이라 확신했다. 착각이었다. 술라예드의 진실은 자신의 진실과 아무 상관이 없었지만, 아메드는 그것을 명확히 이해하기에는 너무 어렸다.

술라예드는 말을 이었다.

"눈빛은 새와 같다, 비행하기 위해서는 날개가 필요하다. 그렇지 않으면, 땅으로 추락한다. 우리는 절대로 적 앞에서 시선을 아래로 떨어뜨리면 안 됩니다. 절대로. 우리의 증오와 용기는 우리의 눈빛을 산 너머로, 개들의 양분이 되는 거짓말 너머로 보내는 날개입니다. 카말과 자헤드는 그것을 이해했습니다. 이들의 아들들 역시 그것을 이해했습니다."

술라예드는 이어서 이 집의 순교자 사진, 아메드에게는 자기 자신의 모습인 그 사진 앞으로 가서, 아메드의 형제가 보인 용기와, 그 희생의 아름다움에 대해 이야기했다. 그는 오랫동안 말했다. 그의 문장들은 휘어지고, 처음으로 다시 돌아갔다가, 더욱 강력하게 떠나갔다. 술라예드의 이야기는 끝이 없어 보였다. 손님들 모두가 미동조차 하지 못하고 그의 말을 받아마셨다. 얼마 후, 아메드는 자신이 더 이상 그의 이야기를 듣고 있지 않다는 사실을 깨달았다. 그는 술라예드의 입술을 응시했다. 입술은 수염이 달린 얼굴에서 떨어져 나가 결국 아무런 의미도 없는 말들을 거실에 뱉어냈다. 그 말들은 소음이 됐다. 술라예드의 말들은 침묵의 자국을 남기는 작고 약한 폭탄처럼 공중에서 터져 버렸다.

　아메드가 다가갔다. 너무 가까이 다가간 나머지 술라예드는 말을 멈췄다. 그는 몸을 굽히고 아메드를 들어올렸다. 그는 아메드를 놀란 눈으로 쳐다보았다. 아메드는 갑자기 너무 아팠다. 동물 한 마리가 자신의 배 속에서 도망치려는 것 같았다. 그러고서 그는 술라예드의 입속에서 무언가를 보았다. 바로 자신의 두 눈 앞에 있는, 커다랗게 벌어진 그의 입안에서 말이다. 보고 있지 않지만 보이는 무언가를.

"뭐였어, 아지즈, 술라예드의 입속에서 뭘 본 거야?"

　아지즈는 오늘 미카엘을 만난 후 처음으로 그의 눈을 바라보았다.

　– 어떻게 설명을 해야 할지 모르겠어요, 선생님, 설명이 안 돼요.
　– 환영이야? 환영을 본 거야?
　– 아마도요. 맞아요, 환영 같은 거예요. 그런데 이미지들은 없었어요. 오히려 어떤 냄새에 가까웠어요…….
　– 네가 보았던 냄새라고?
　– 모르겠어요, 선생님. 그렇지만 뭔가 걱정스러운 것이 제 마음속으로 들어왔었어요. 어떤 예감 같은 것이요…….
　– 그 사람 입에서 나왔다고?
　– 네. 거기였어요.

– 무슨 예감인 거지?

– 뭔가 끔찍한 일이 벌어졌고, 제 동생과 연관된 거였어
요. 그리고 그건, 그 무언가는, 술라예드의 입속에 있었어
요. 기억이나 감정처럼 거기에 있었어요…… 제가……, 선
생님께 이야기를 하다 보니, 제가 말하는 이 모든 게 정말
말이 안 되는 것 같아요.

– 아니야, 전혀 그렇지 않아, 아지즈. 계속 이야기해 주
렴. 그리고 나서 무슨 일이 있었니?

– 저는 몸을 떨기 시작했어요. 흔들림이 제 몸을 찢어 놓
았어요. 술라예드가 저를 자기 품에 가두고는 꽉 껴안았
죠. 배에서 느껴지던 통증이 변해 버렸어요. 그러니까, 그
건 더 이상 통증이 아니었고, 무슨 일이 있어도 저에게서
나와야 했던 힘이었어요. 술라예드의 꽉 쥔 팔을 풀고 저
는 사진을 향해 달려들었어요. 주먹으로 액자 유리를 부
수고 액자 안에 있던 사진을 두 조각으로 찢어 버렸어요.
그러고 나서 아버지가 초대한 모든 손님들 앞에서 소리치
기 시작했어요. "이 사진에 있는 건 나예요, 아메드, 나라
고요! 기적은 없었어요, 떠난 사람은, 아지즈에요!" 아버
지는 한 손으로 제 목을 붙잡고, 저를 들어올려서, 벽으로
내던졌어요. 저는 기절했어요. 제가 다시 정신을 차렸을
때, 저는 제 침대에 누워 있었어요. 어머니는 창문 쪽으로
얼굴을 돌리고는 몸을 숙이고 계셨어요. 제가 어머니를
불렀어요. 어머니가 제 쪽으로 몸을 돌리셨어요. 어머니
를 못 알아볼 뻔했어요. 어머니의 얼굴은 부풀어 있었거든

요. 양쪽 눈에는 커다랗게 멍이 들어 있었어요. 코에는 말라 버린 핏자국이 있었고요. 어머니는 제가 더 이상 이 집에서 살 수가 없다고 정말 힘겹게 말씀하셨어요. 저는 이제 그 누구의 아들도 아닌 게 돼 버렸던 거예요.

– 가족을 떠나야만 했던 거니?

– 네, 큰 도시에 사는 아버지의 사촌 집에 가서 살았어요. 거기서 몇 달을 지냈죠. 학대를 당했어요. 제가 가족의 명예를 더럽혔다고요. 저는 음식을 먹을 자격도 없었어요. 제게 허락된 건 거의 없었어요. 어머니가 보고 싶었어요. 어머니의 소식을 듣지 못했거든요. 아버지는 어머니가 저를 만나지 못하게 하셨어요. 그러다 어느 날, 아버지의 사촌이 제가 미국으로 떠날 거라고 말했어요. 그 말을 믿지 않았죠. 그런데 사실이었어요. 그곳에 도착해서 보니, 어머니가 이모의 도움을 받아서, 제가 그 나라를 떠날 수 있도록 모든 걸 다 손 써두셨던 거예요. 저는 다른 열 명 남짓한 난민들과 함께 배를 타고 이곳에 도착했어요. 달리마 이모 집에 가서 살게 됐죠. 이모는 임신했던 아이를 유산했어요. 이모를 알아보고 저는 울었어요. 어머니를 닮았었거든요. 정말 많이 울었어요.

아지즈는 커피잔을 바라보며 침묵했다. 미카엘은 차마 그 침묵을 깨뜨릴 수 없었다. 긴 산책 후 들어왔던 식당의 큰 창문 쪽으로 그는 고개를 들었다. 빠르게 날이 어두워졌다. 미카엘은 멀리 푸르스름한 빛 속으로 빠져드는 강을 보았다. 지금도 눈이 살짝 내리고 있었고, 길을 잃은 눈송이 몇 개가 가로등 불빛 속에서 반짝거렸다.

- 내가 널 아지즈라고 부르는 게 좋겠니, 아니면 아메드라고 부르는 게 좋겠니?
- 계속 아지즈라고 부르셔도 돼요.
- 아직도 추워?
- 아니요, 선생님.

미카엘이 계산서를 달라고 했고 두 사람은 식당에서 나왔다. 보도, 길, 행인들, 주차된 차들의 지붕, 모든 것이 순백의 눈으로 덮여 하얀색이었다. 전철 역 앞에서 헤어지기 전, 미카엘은 아지즈에게 수업에 다시 나올 건지 물었다.

- 연극의 그 아이는요?
아지즈가 되물었다.

- 아무 걱정 마, 소니는 죽지 않을 거야.

아지즈는 연기 수업에 다시 나왔다. 미카엘은 안심했고, 동시에, 아지즈의 복귀를 또 다른 책임처럼 받아들였다. 미카엘은 아지즈에게 소니가 죽지 않을 것이라고 약속했었다. 그러기 위해서는, 용병이 아이에게, 아이를 살려줘야 할 타당한 이유를 묻는 장면을 다시 써야 했다. 결말을 어떻게 바꿔야 할까? 전쟁으로 타락하고, 절망하고 인간성을 상실한 이 군인의 마음을 감동시킬 말들을 어디서 찾아야 할까? 오랫동안 고민한 끝에, 미카엘은 용기를 내서 아지즈에게 자신의 어린 시절 이야기, 며칠 전 도시의 거리에서 자신에게 해줬던 그 이야기를 말해 달라고 권유해 보기로 했다. 달리 더 나은 방법이 생각나지 않았다. 아지즈의 말은, 즉흥적일지라도, 그 장면을 위해 자신이 쓸 수 있는 그 어떤 것보다 더 공평하고, 더 사실적으로 울릴 것이다. 그는 그렇게 확신했다. 만약 그 군인이 아픈 어린 소년이 찼던 폭탄 벨트 이야기를, 두 쌍둥이 형제가 서로를 맞바꾼 이야기를, 실제로 일어났던 일이기 때문에 연극이 아닌 그 이야기를 듣는다면, 만약 그 군인이 그 이야기를 들으면서 자신의 아들, 하나의 기억처럼 불타는 이 이야기를 자신에게 해준 어린 소년과 너무나도 닮은 자기 아들을 떠올린다면, 그가 소니를 개처럼 죽이지 않을 가능성도 있으리라 미카엘은 생각했다.

－못 할 것 같아요.
아지즈가 서둘러 대답했다.

－그냥 네 얘기를 하면 돼. 핵심만 얘기하면 돼. 몇 분밖에 안 걸릴 거야.
－못 할 것 같아요, 선생님.
－한번 생각해 볼 수 있겠어?
－그럴 필요 없을 것 같아요.
－내가 도와줄 수도 있어.
－못 할 것 같다고요!
아지즈는 이제 대화를 완전히 끝내 버리겠다는 식으로 소리쳤다.
－너한테 부탁하는 게 아니었는데, 미안하다. 다른 방법을 생각해 볼게. 걱정 마라, 방법을 찾을 거야. 소니는 죽지 않아. 내일 보자, 아지즈.

아지즈는 인사 없이 자리를 떴다.

그날, 미카엘은 백여 명의 관객을 수용할 수 있는, 변형이 가능한 공간인, 학교 극장에서 연습을 진행했다. 무대, 조명, 의상은 무대 연출을 전공하는 학생들이 계획하고 만들어냈다. 미카엘과 동료 교수들은 감독을 맡았다. 학생들은 처음으로 무대에서 연습했고 그래서 비교적 힘든 하루였다. 코러스 파트의 박자가 너무 느렸고 미카엘의 조명 신호는 대부분 다시 작업해야 했다. 아지즈를 제외한 모두가 지치고 동시에 들뜬 상태로 극장을 떠났다. 미카엘이 이야기를 하려고 아지즈를 붙잡았다. 소니라는 인물에 대한 미카엘의 해결 방법은 솔직히 이 청년을 무섭게 했다. 미카엘은 낙담했다. 아지즈가 떠난 뒤, 미카엘은 오랜 시간을 무대 중앙에 있었다. 연극을 위한 모든 공간은 플렉시글라스(유리처럼 투명한 특수 아크릴 합성수지-역주) 위에 펼쳐 둔 모래로 덮여 있었다. 바닥 아래에는 열다섯 개 정도의 스포트라이트가 설치됐다. 바닥에서 올라오는 불빛은, 모래층을 환하게 비추고, 장면에 따라 모래를 타는 듯 뜨겁게 또는 춥게 만들었다. 새벽이나 석양은 이런 황량한 분위기에서 시작됐다. 연극이 진행되면서 모래가 배우들의 동작 때문에 흩어져 그 속으로 빛의 길들이 나타났다. 이 바닥은, 관객들에게 잔인한 미스터리 혹은 희망의 징조를 던져주며, 빛의 캔버스로 변모했다.

어둠이 삼킨 모래에 앉아 있던 미카엘은, 자신이 만들어낸 이 용병에 사로잡혀 있었다. 그는 그저 괴물에 지나지 않을까? 미카엘은 바보가 아니었다. 단지 학생들에게 생각할 거리를 주기 위해서 이 대본을 쓴 게 아니었다. 그는 스스로에게도 악이라는 질문을 던졌다. 전쟁 범죄를 저지른 이들을 살인마나 잔혹한 짐승이라고 비난하는 것은 너무도 쉬운 일이었다. 특히 분쟁을 야기한 곳에서 멀리 떨어져 사는 사람들에게는 전범자들을 판단하는 일이 더욱 손쉬웠다. 분쟁의 원인도 역사의 소용돌이 속으로 사라져 버렸다. 자신이라면 그런 상황에서 어떻게 했을까? 수백만의 다른 사람들처럼, 어떤 사상, 영토, 국경, 석유를 위해 살인을 저지를 수 있었을까? 그 역시도 무고한 여자와 아이들을 죽이도록 길들여졌을까? 아니면 자신의 목숨이 위태롭더라도, 무력한 이들을 기관총 사격으로 제거하라는 명령을 거부할 용기가 있었을까?

"말씀드리지 않은 이야기가 있어요, 선생님."

미카엘은 소스라치게 놀랐다. 생각에 빠져서 아지즈가 극장으로 다시 들어오는 것을 알아채지 못했기 때문이었다. 미카엘은 관객석 가운데 있는 그의 실루엣을 찾아냈다.

"네가 잘 안 보여. 옆에 있는 콘솔을 켜봐."

연습을 위해 무대감독의 콘솔을 극장 중앙에 배치해 뒀

다. 그렇게 하는 것이 조명과 음악을 지시할 때 훨씬 편리
했다. 아지즈가 콘솔 올 열자, 무대 바닥이 밝혀졌고 잠시
동안, 미카엘은 눈을 뜨지 못했다.

- 아름다워요!
- 뭐 말이야, 아지즈?
- 무대 장식이요. 모래를 관통하는 저 불빛이요. 마치 비
가 거꾸로 오는 것 같아요.
- 맞아, 바닥에서 올라오는 빛의 비. 바로 그거야.
- 모든 걸 다 말씀드린 게 아니에요, 선생님.
- 뭐에 대해서 말이지?
- 술라예드에 대해서요.
- 무슨 얘기를 하고 싶은 건데?
- 그 사람 입속에서 제가 발견했던 거요, 기억나세요?
- 네 예감에 대해서 말하고 싶니?
- 네, 그건……, 그건 거짓말이었어요.
- 앞으로 오렴. 무대 위 내 옆으로 와.

아지즈는 모래 위로 와서 앉았다. 그의 얼굴은, 조명 때
문에 변해서, 더 나이 들어 보이고, 더 거칠어 보였다.

- 술라예드는 거짓말쟁이에 지나지 않았어요, 선생님.
저희를, 저하고 동생을 자기 지프로 데리고 갔던 날 그 사
람은 우리에게 거짓말을 했어요.

- 무슨 뜻이지?

- 그 사람이 저희한테 산에 지뢰가 설치돼 있다고 했어요. 저희가 거기에 갔던 날, 신께서 우리 발걸음을 인도하셨던 거라고 말했었죠. 그건 거짓말이었어요. 그 산에는 지뢰가 설치된 적이 없었어요. 그리고 신께서 우리의 연줄을 끊은 것도 아니었어요. 단지 바람이 그랬던 거였어요. 그리고 그날, 저희가 산 건너편에서 봤던 건, 군대 막사가 아니었어요. 그건 난민 캠프였어요. 술라예드는 우리를 이용한 거였어요. 우리 아버지를 이용했어요. 우리 모두를 이용했던 거예요.

- 끔찍하구나.

- 네, 끔찍하죠.

- 유감이야, 아지즈.

- 술라예드는 우리에게 거짓말만을 했던 거였어요, 선생님. 그 사람 때문에, 천국은 폐허투성이가 됐고 내 동생은, 살인자가 됐어요.

- 그런 말 하지 마, 네 동생은 어린아이였어.

- 저는 이런 말 해도 돼요.

- 동생을 살인자라고 비난하지 마. 대체 뭐가 뭔지 모르겠어. 무슨 일이 있던 거니, 아지즈?

- 달리마 이모의 남편 덕분에 많은 것들을 알게 됐어요. 아버지는 늘 저희에게 이모가 적과 결혼했다며 경멸하듯 말씀하셨어요. 처음에 저도 그분을 두려워했어요. 그 감정이 저보다 훨씬 강했어요. 하지만 그 집에 가서 사는 것

말고는 달리 방법이 없었죠. 그리고 저는 수치스럽기도 했어요. 왜냐면, 만약 벨트를 차고 떠난 게 저였다면, 그분의 가족들이나 이웃들을 죽이게 될 수도 있었으니까 수치스러웠어요. 무서운 것들을 정말 많이 생각했어요. 시간이 지나면서, 이모부는 아버지가 장담했던 것처럼 개가 아니라, 폭탄과 테러, 학살, 거짓말들을 더 이상 견딜 수 없어서 고국에서 도망친 공정하고 좋은 사람이라는 걸 알게 됐어요. 제가 배우가 되고 싶다고 말했을 때, 이모는 그러라고 하셨지만, 이모부는 아니었어요. 이모부는 저를 설득하려 하셨어요. 자기처럼 엔지니어가 되길 바라셨어요. 제 억양 때문에 아무도 제게 역할을 주지 않을 거라고 말씀하셨어요. 제가 저의 새로운 고국에서 일할 수 없을 수도 있다고요. 제가 너무 다르다고요. 저는 고집을 피웠죠. 이모부에게 이렇게 말했어요. "그렇지만, 마니 이모부, 그 일이 제가 세상에서 가장 하고 싶은 일이에요. 두고 보세요, 저는 열심히 노력해서 성공할 거예요. 그리고 아무도 제게 독특한 억양이 있다고 말하지 못할 거예요, 아무도 제가 어디서 왔는지 말하지 못할 거예요, 아무도요." 이모부는 아무것도 듣고 싶어 하지 않으셨어요. 그래서 저는 목소리와 별들의 이야기를 해드렸어요.

  – 목소리와 별들?
  – 제가 미쳤다고 생각하지는 마세요, 선생님. 그런데 매일 저녁이면, 저는 하늘을 보면서 동생을 생각해요. 하늘

에서 동생을 찾아요.

　- 그래서 동생을 찾았니?

　- 아니요. 동생은 하늘에서 사라졌어요. 하지만 저 자신도 어찌할 수 없이, 저는 계속해서 동생을 찾고 있어요.

　아지즈는 모래를 조금 쥐고서, 주먹을 들어올려 손가락 사이로 천천히 조금씩 빠져나가는 모래를 바라보았다. 모래알들은 불빛에 부딪치며 반짝거렸다.

　- 배우가 되지 못한다면, 죽게 될 거라고, 마니 이모부에게 말했어요.

　- 진짜 그 얘기를 했다고?

　- 네.

　- 너무 과장해서 말했던 거 아니니. 그때 몇 살이었지?

　- 열네 살이 됐을 때였어요.

　- 그런데 그때 벌써 배우가 되고 싶은 걸 알고 있었다고?

　- 네.

　- 목소리는 무슨 얘기야? 이모부에게 네게 들렸던 할림이나 할아버지 목소리들에 대해서 말했던 거야, 그래?

　- 아니요, 그 목소리들은 제가 이곳에 도착한 후로 없어졌어요. 하지만 다른 목소리들이 나타났죠. 아주 많은 다른 목소리들이요. 그 목소리들에 대해서 이모부에게 얘기했던 거예요. 이렇게 말을 했어요. "마니 이모부, 달리마

이모에게는 얘기하지 마세요, 그런데 목소리들이 들려요. 목소리들이 하늘에서 잠자다가 제 눈길이 그 목소리들을 잠에서 깨어나게 하는 것처럼요. 그 목소리들은 속삭이고, 중얼거리고, 제 머릿속을 자신들의 고통으로 채워요. 그 목소리들은 밤을 구멍 내는 별들처럼 많아요. 눈을 감으면, 제 머릿속에서 목소리들이 켜져요." 이모부는 제가 상상력이 너무 풍부하다고 말하셨어요. 제가 좋은 일자리를 얻고, 인생의 여자를 만나고 아이를 낳으면, 그 모든 게 다 사라질 거라고 하셨어요.

  ─ 그래서?

  ─ 저는 계속 고집했어요. 제 머릿속에 열 명이 넘는 사람이 사는 것 같다고 말씀드렸어요. "마니 이모부, 아마 이모부가 맞을지도 몰라요, 제 상상이 지나친 걸 수도 있어요. 그런데 그런 상상을 줄이려면 어떻게 해야 해요? 이건 마치 어떤 작은 도시 하나가 영원히 제게로 옮겨온 것 같은 느낌이에요. 어린아이들이 놀고, 웃고, 가끔은 노래를 부르고 그러다가, 그렇게, 왜인지는 모르지만, 소리를 지르기 시작하는 게 들려요. 그리고 다른 목소리들이 들리죠, 우리 부모님 나이대의 여자들과 남자들의 목소리, 좀 더 나이가 있는 사람들의 지친 목소리들 그러다 이 모든 목소리들이 공포에 사로잡히고, 탄식하며, 슬프게 울고 마치 하나의 울부짖음처럼 분노에 소리쳐요. 제가 무슨 생각이 드는 줄 아세요, 마니 이모부? 그 목소리들은 모두, 그래요, 그 목소리들은 자신들의 목소리를 들려주고 싶은

거예요. 영원히 존재하고 싶은 거예요. 내 머릿속의 유령으로만 말고요. 제가 배우가 된다면, 그 목소리들을 세상에 내놓고, 말할 기회를 줄 수 있을 것 같아요. 말할 기회를요, 아시겠어요, 마니 이모부? 모든 사람이 들을 수 있는 진짜 단어와 진짜 문장들로 된 목소리요. 그렇지 않으면, 그 목소리들은 제 안에서 썩어 가거나 아니면 제가 유령이 될 거예요."

  – 아지즈, 너에겐 상상력이 정말 많구나. 이 말을 이모부에게 했다고?
  – 그럼요, 선생님. 선택의 여지가 없었어요.
  – 왜?
  – 그게 진실이었으니까요.
  – 그래서 이모부는 어떻게 대답하셨어?
  – 다른 진실로 대답하셨어요. 마니 이모부는 이렇게 말씀하셨어요. "아지즈, 얘야, 네가 무슨 말을 하고 싶은지 알겠다. 그래, 지금은 그게 뭔지 알겠어. 방금 설명한 그 목소리들, 그 목소리들이 어디서 왔는지 알겠어. 안타깝지만 네 머릿속에서만 온 건 아니야. 이제 네게 네 동생에 대해 진실을 얘기해 줄 때가 온 것 같구나. 난 그 아이를 전혀 알지 못했어. 내가 그 아이에 대해 아는 건, 너희 이모 달리마와 너로부터 알게 된 것이지. 하지만 내게는, 네가 아메드이자 아지즈라는 걸 알아주면 좋겠어. 너는 그 둘이야. 더 이상 동생을 찾으려고 하지 마, 동생은 네 마음속에 있

으니까." 그러고서, 이모부는 제 손을 잡더니 이모부 손 안에 품고 계셨어요. 이렇게 밀씀하셨죠. "내 말 잘 들어, 아지즈, 네가 얘기했던 술라예드라는 사람에 대해 전부 확인을 해 봤어. 믿을 만하고 신중한 사람들과 얘기를 했었지. 다른 사람들에게는 편지를 쓰기도 했어. 당시 신문을 뒤져보기도 했고. 난 여전히 그곳에 있는 여러 사람들과 연락을 하고 있거든, 특히 기자들과 말이야. 너한테 한 가지 확실히 말해 줄 수 있어. 그 산에는 지뢰가 묻혀 있던 적이 없어. 술라예드가 너희에게 했던 모든 이야기는 다 거짓이야. 네 동생은 산 건너편으로 갔던 게 아니었어. 그게 임무가 아니었던 거야. 그곳에 폭파시켜야 할 군부대는 없었어. 산 너머에는 가난한 난민 캠프가 하나 있었을 뿐이야. 그들이 네 동생을 데려간 날, 그들은 남쪽으로 갔어, 할림과 함께 갔던 남쪽으로. 네 동생을 운명 속으로 내던지기 전에 그들이 네 동생에게 뭐라고 설명했는지는 아무도 알지 못할 거야. 네 동생은 비밀 터널을 통해서 국경을 넘어야 했어. 장담할 수는 없어. 하지만 확실한 건 그리고 우리나라의 역사에서 지울 수 없는 건, 네 동생이 어떻게 죽었는지에 대한 거야. 네 동생은 백 명이 넘는 어린아이들 한가운데서 폭발했어. 어린아이들 말이야, 아지즈, 네 동생나이 또래의 아이들이었어. 열 명이 넘는 아이들이 죽었고 많은 아이들이 팔다리가 절단되고 심각한 상처를 입었어. 그 아이들은 연날리기에 참가하고 있었단다. 아이들은 대회 시작 전에 인형극을 보려고 학교에 모여 있었지. 네게 오늘 이 얘기를 할 생각은 없었어. 달리마 이모와 자주 이 이야기를 했었어. 언젠가 네가 이 사실을 알게 될 걸 알고 있었지. 네가 그곳에 있을 때, 그 소식을 알지 못했다는 사실에 난 처음엔 정말 놀랐었어. 그들이 너에게 그 정보를 숨기려고 갖은 수를 썼겠지. 자기들에게 유리하게 바꾸려고 말이야. 조금 전, 네게 들리는 그 목소리들에 대해 이야기 했을 때, 희생된 그 아이들과 그 부모들의 고통스러운 괴로움을 생각하지 않을 수 없었어. 난 네가 죽은 아이들을 애도하고 있다고 생각해. 네가 듣고 있고 시달리는 게 바로 그것인 것 같다. 아마도 네 동생이 뇌관을 누르는 순간 네게 보낸 마지막 메시지일 수도 있지. 모든 걸 설명할 수는 없어. 전쟁조차도 그래, 전쟁이 아이들을 죽일 때, 그걸 설명할 수 없어." 바로 이게 그날 이모부가 제게 밝힌 얘기예요.

  아지즈는 일어나서 모래 속으로 발을 한 번 찼다. 먼지와 빛 구름 같은 것이 무대를 감싸며 바닥에서 일어났다.

  "제 동생은 살인자예요. 선생님께서 부탁하신 대로 그 애 얘기를 할 수가 없어요. 아무것도 해결이 안 될 거예요. 아무도, 단 한 명의 아이도 구할 수 없을 거예요. 그 장면에 대해서는 다른 걸 찾으세요."

  미카엘은 뭐라고 대답해야 할지 몰랐다. 목구멍 안에서

말문이 막혀 버렸다.

"제 동생은 어린아이들을 죽인 살인자라고요, 선생님!"

그는 이 말을 반복했다. 미카엘은 한동안 그를 지켜보았다. 아지즈는 무언가를 기다리는 듯 미카엘 앞에 서 있었다. 피어오른 먼지 때문에 그의 몸은 순간적으로 모래 망 같은 공간에 둘러싸였다. 아지즈를 안아 주고 싶다는 마음으로 미카엘도 자리에서 일어나 아지즈를 꼭 안았다. 진작 그렇게 했어야 했다. 아지즈는 단지 위로가 필요했던 것이다. 미카엘은 마음을 바꿔 달라고 끈질기게 부탁했다. 그가 자신의 이야기를 들려줘야만 했다. 그게 최선의 방법이었다. 동생의 자살폭탄 테러는, 그 장소가 아이들로 북적이던 학교였든 군부대였든, 전쟁의 필연적 귀결을 아무것도 바꾸지 못한다. 두 장소 모두, 적을 공격하고 자신을 방어하기 위해 적과 적이 가진 수단을 파괴하는 일이 중요한 것이었다. 미카엘은 스스로 이런 이야기를 하면서 자기 자신이 가증스러웠다. 명확한 생각을 가질 수가 없었다. 그는 자신의 논리 안에서 길을 잃었고, 자신의 논거들은 거짓처럼 느껴졌다. 무고한 아이들을 죽이는 것과 군 막사를 폭파시키는 것은 다르다. 누구든 그 차이를 알 수 있다. 하지만, 그런 차이는 제쳐두고, 미카엘은 자신이 창조한 용병이라는 인물의 입장이 되어 보았다. 아지즈의 이야기에서, 무엇이 그를 감동시킬 수 있을까? 무엇이 그로 하여금 아이를 살리도록 만들까? 살인을 저지르도록 훈련된 한 남자가, 왜 쌍둥이 형제가 서로를 바꾼 이야기를 들으려 할까?

질문은 계속 이어졌고, 미카엘은 가능한 모든 답들이 그저 헛된 기대에 지나지 않을까 겁이 났다. 지금은 자신의 연극이 오만하고 무의미한 것처럼 보였다. 그는 아지즈의 이야기, 그리고 그의 동생인 아홉 살의 어린아이가 또래 아이들 한가운데서 폭발했다는 넘어설 수 없는 사실 앞에서, 자신의 연극 프로젝트가 카드로 만든 집처럼 눈앞에서 무너질 수도 있겠다는 두려움과 맞서고 있었다.

미카엘은 콘솔을 닫으러 가서 극장의 천장 조명을 켰다. 튀어 오르는 그림자 불빛을 더 이상 견디기 힘들었다. 그는 아지즈에게 관객석 옆자리에 와 앉으라고 했다. 두 사람은 오랫동안 자신들 앞에 있는 허공, 무대의 저 커다란 입 그리고 거짓과 진실을 말할 수 있는 그 입의 힘을 응시했다.

"왜 동생은 그런 상상조차 할 수 없는 행동을 하겠다고 받아들인 걸까? 이 질문은 네가 스스로에게 수백 번도 더 던져 봤겠지. 내 말이 맞니?"

아지즈는 정면을 똑바로 바라보았다. 미카엘은 아지즈

의 대답을 오래 기다렸다. 아지즈가 그곳에 없는 것 같았
다.

  – 네 동생이 살인자가 되었다고 비판하는 건 공정하지
않아. 그들이 시킨 일을 할 때 동생의 마음이 어땠는지 어
떻게 알아? 마지막까지 동생을 속였을 수도 있겠지. 모르
겠다, 마약에 취해 있었을 수도 있고……,
  – 지금 무슨 말을 하시는지도 모르시잖아요, 선생님.
  – 맞아, 난 아무것도 몰라. 전쟁이 내포하는 것, 야기하는
것, 전쟁에 대해서 아무것도 모르면서 가당찮게 전쟁에 대
한 연극을 쓰겠다고 했어. 내가 무슨 일을 벌인 걸까, 응?
  – 선생님 마음을 상하게 하려던 건 아니었어요.
  – 그런데 했잖아.
  – 죄송해요, 선생님.
  – 죄송할 필요 없어. 우리가 존재하면서 때때로 어떤 일
이 일어나서 우리를 뒤흔들고, 평범함에서 벗어나게 하는
건 좋은 일이야.
  – 선생님의 대본은 좋아요.
  – 고맙다, 하지만 아직 완성된 게 아니야. 그리고 네가
내 대본을 좋아하든 아니든 별 상관없어. 문제는 그게 아
니지.
  – 화나셨군요, 선생님.
  – 맞아, 화가 났어!

아지즈는 일어나서 천천히 문으로 향했다. 미카엘은 아지즈를 붙잡지 않았다.

소니 이야기

아지즈는 연습에 더 이상 나오지 않았고, 미카엘이나 친구들의 전화에도 답하지 않았다. 큰 실수였다. 그동안의 배움을 망치고 학교에서 퇴학을 당할 수도 있었다. 초연일 이틀 전, 미카엘은 선택을 하지 못하고, 짧은 시간 안에 최대한 적은 대사를 외울 수 있도록 학생 세 명에게 대본을 나눠 주었다. 마지막 장면에서, 소니는 무대에 등장하지 않기로 했다. 용병은 소니에게 이야기하지 않고, 관객에게 직접 말하게 될 것이다. 이런 식으로 관객 한 사람 한 사람이 그 어린아이가 되는 것이다. 미카엘은 이 방법이 마음에 들지 않았다. 아이를 죽일 것인지 살려 둘 것인지, 용병의 결심에 대한 명확한 아이디어를 내주지 않았다. 이에 대한 대답은 관객들의 마음속에 난해하게 떠다닐 것이었다. 하지만 불안감에 빠져있던 미카엘은 더 나은 방법을 찾지 못했다.

아지즈의 부재는 연극 팀의 활기에도 영향을 미쳤다. 연출이 바뀐 부분 때문에 몇몇의 연기가 흔들렸다. 미카엘은 침착함을 유지한 채, 걱정스러운 마음을 전혀 내비치지 않고, 더 많은 격려를 하려 최선을 다해 노력했다. 그러나 그는 마음이 흔들리고 있었다. 아지즈에게 잘못된 행동을 했다. 사실, 그는 아지즈가 고국에서 겪었던 일들, 자기 동생의 마지막 순간들을 떠올릴 때 그를 황폐하게 만든 고통에 대해 그 무엇도 자세히 알지 못한다. 그의 동생은 자신에게 요구된 일을 이해했던 걸까? 자신의 행동이 얼마나 무서운 것인지 헤아릴 수 있었을까? 그는 마지막 순간까지 이용당했을까? 상상조차 할 수 없는 일을 강요받았을까? 답이 없는 이 질문들은 전쟁을 그린 미카엘의 대본에서 타당성을 제거하고, 무력하게 만들어 버렸다. 그의 불안감은 거대했다. 그의 슬픔은 더욱 그러했다.

연극이 시작되기 한 시간 전, 놀랍게도 긴장감이 갑자기 사라졌다. 점점 커지는 두려움으로부터 스스로를 보호하고자 자신도 알지 못하는 사이에 무감각해진 걸까? 그는 예정된 대로 통제실에 앉지 않고, 관객들 사이에 앉았다. 연극은 몇 분 늦게 시작됐지만, 첫 공연치고는 순조롭게 진행됐다. 그러나 그는 자신이 보고 듣는 것에 좀처럼 집중할 수가 없었다. 직접 쓴 대본이 자신을 불편하고 부끄럽게 하는 것 같았다. 공연 후 배우들에게 전할 연기에 대한 조언을 머릿속에 남겨 두려 노력했다. 이 연극은 교육적인 훈련이기도 하다는 것을 잊지 않았다. 하지만 그는 연극의 흐름을 놓쳤고, 집중력은 흔들렸으며 자신도 모르게 아지즈의 동생을 생각하고 있다는 걸 문득 깨달았다. 그는, 자신의 배에 폭탄 벨트를 차고 셔츠로 가린 아홉 살짜리 어린 소년을 생각했다. 지금 자신이 보고 있는 전쟁 이야기가 아닌, 단지 아이들을 행복하게 만들어 주는 연극을 보려고 모인 다른 아이들 틈에 있던 그 소년을 바라보았다. 아이들의 웃음소리가 들렸다. 아지즈의 이모부는 인형극 이야기를 했었다. 폭탄을 가득 든 그 어린 소년이, 인형들의 움직임에 매료되어, 잠시라도, 뇌관위에 올린 자신의 손을 잊었는지 알고 싶었다. 과연 아지즈와 그 형제의 비극적인 운명이 예정된 경로에서 벗어날 수 있었을지도 알고 싶었다.

   미카엘이 자신의 대본에서 벗어나려 애를 쓰는 동안 연극은 마지막을 향해 가고 있었고, 미카엘은 무대 위에서 벌어지는 일에는 더 이상 신경을 쓰지 않고 있었다. 그를 자신만의 세계에서 빠져 나오게 한 것은, 놀라움으로 인한 배우들의 침묵이었다. 마치 마법처럼, 아지즈가 무대 위에 서 있었다. 아지즈는 정원 쪽에 있었다. 그는 겨울 외투를 걸치고 빨간색 목도리를 목에 두르고 있었다. 이제 막 안으로 들어와, 어깨에는 아직 눈이 남아 있었다. 미카엘은 관객들이 당황했음을 느꼈다. 분명, 관객들은 이 청년의 등장이 연극의 일부인지 아닌지 궁금해하고 있었다. 아지즈는 결단을 내리고, 마치 자신이 이 사막 장식의 일부었던 것처럼 행동했다. 연기가 진행되는 동안, 모래는 모두 다 쓸려 나갔다. 이제, 바닥은 전부, 배우들의 위치에 따라 배우들에게 시적이거나 유령 같은 의미를 부여하는 조명 판에 불과했다. 잠깐의 동요 후, 연극은 제자리를 찾아갔지만, 아무것도 그 전과 같지 않았다. 어떤 엄숙한 느낌이 배우와 관객을 희미하게 에워싸며 그 공간 속으로 밀려들었다.

아지즈는 한 발 내디뎠다.

"내 얘기 좀 들어 봐, 군인. 내 이름은 소니고, 나는 일곱 살이야."

바로 이렇게 그는 부모의 살인자를 연기하는 배우를 불렀다. 그는 그 배우를 향해 다시 한 걸음 내딛었다.

"내 얘기 좀 들어 봐, 군인. 내 이름은 아지즈고, 나는 아홉 살이야."

그는 또 한 발 내디뎠다.

"내 얘기 좀 들어 봐, 군인. 내 이름은 아메드고, 나는 스무 살이야. 내 머릿속에는 다른 이름들, 다른 나이들, 다른 많은 게 있어. 당신한테 말하는 사람은 절대 혼자인 적이 없지. 이 사람은 머릿속에 작은 나라 하나를 담고 다녀. 당신은 방금 내 부모님을 죽였어. 톱니 모양의 큰 칼로 내 아버지의 양손을 잘랐어. 그러고는 총을 쏴서 아버지를 죽였지. 당신의 동작은 정확했어. 훌륭해. 당신에게는 그 동작을 연습하고 아버지에게 그런 은혜를 베풀 기회가 아주 많았을 거야. 그리고 당신의 멋진 새 기관총으로 우리 어머니를 죽였을 때도 당신은 실력을 잃지 않고 집중했어. 그 기관총은 누가 준 거지? 선물로 받은 건가? 엄청 아끼고 좋아하는 것 같군! 그런데 당신 옷은 더럽고 찢어졌어. 당신 머리는 먼지로 회색이 됐고 당신 두 손은 피로 빨개졌어. 당신 어깨는 축 늘어졌고 눈빛은 자갈처럼 부서졌어. 나보고 당신에게 이야기를 하라고 해서 깜짝 놀랐어. 당신 눈에 나는 어려, 나는 어린아이일 뿐이야. 당신은 어린아이가 하는 이야기를 꼭 들어야만 하는 거야? 당신이 나를 볼 때 어린아이가 안 보이는 걸까? 아니면 당신의 아이만이 보이는 걸까? 당신도 아들이 있으니까. 나를 닮은 아들 말이야. 우리를 닮은 아들. 내 형제를 닮은 아들."

아지즈는 무대 중앙으로 나아갔다. 바닥에서 오는 불빛이 그의 실루엣을 길게 늘였다. 그는 하늘이 빨아들인 아주 곧은 불꽃을 닮아 있었다. 그는 관객에게 말을 걸었다.

"몇 살이야? 이름은 뭐야? 여느 아버지의 이름과 나이를 가졌군. 하지만 당신은 다른 이름들과 다른 나이들을 가졌어. 내 형제에게 말하듯 당신에게 말할 수 있을 것 같아. 당신이 두 손으로 악착같이 들고 있는 그 기관총 대신, 당신은 허리에 무거운 폭탄 벨트를 찰 수도 있을 거야. 당신의 손은 뇌관 위에 그리고 당신의 심장은 내 심장 위에 있게 될 거야. 그리고 당신은 실수로 뇌관을 누르지 않게, 당신이 잠들지 않도록 나에게 이야기를 해 달라고 할 거야. 그럼 난 당신에게 세상이 끝날 때까지 이야기를 하겠지, 그 끝은 때로 너무도 가깝지만 말이야."

아지즈는 긴 목도리를 풀고 외투를 벗었다. 미카엘은 아지즈가 극장 안에서 자신만 바라보고 있다는 느낌이 들었다. 하지만 그날 저녁, 모든 관객이 같은 느낌을 받았다는 걸 알고 있었다.

"내 말 좀 들어 봐, 군인, 지금 내가 처한 괴로운 상황에서도, 나는 여전히 생각을 할 수 있어. 날 살려 줘야 할 타당한 이유를 대면 당신은 날 살려 주겠다고 말했지. 당신을 증오에서 벗어나게 할 이야기로 당신의 마음을 빼앗는다면 말이야. 난 당신을 믿지 않아. 당신은 누군가의 이야기를 들을 필요가 없어. 그리고 당신이 나를 개처럼 죽이지 않기 위한 타당한 이유는 더욱이 필요가 없어. 친구한테 말하듯 당신한테 말하면서 내가 뭘 하고 있는지 알고 싶지? 난 나의 아버지를 애도해, 난 나의 어머니를 애도하고 내 모든 형제들도 애도해. 수천 명의 형제들이 있거든."

아메드는 관객을 향해 마지막으로 한 걸음 다가섰다.

"그래, 당신은 당신이 해야 한다고 생각하는 걸 하기 위해서 이유가 필요하거나, 당신이 옳아야 할 필요가 없어. 이미 당신 안에 있는 걸 다른 곳에서 찾으려고 하지 마. 당신 입장에서 생각하고 있는 나, 나는 누굴까? 내 옷 역시 더럽고 찢어졌어. 그리고 내 심장은 자갈처럼 쪼개졌지. 그리고 나는 내 얼굴을 찢는 눈물을 흘려. 하지만, 당신도 느꼈듯이, 내 목소리는 침착해. 내 목소리는 평화롭기까지 하지. 나는 내 입안의 평화로 당신에게 말해. 나는 내 낱말, 내 문장 안의 평화로 당신에게 말해. 나는 당신에게 일곱 살의 목소리, 아홉 살의 목소리, 스무 살의 목소리, 천 살의 목소리로 말하고 있어. 당신은 그런 내 목소리가 들려?"

옮긴이의 말

이 작품은 전쟁으로 망가진 미지의 나라를 배경으로 하고 있다. 사실, 이 이야기에서 시간이나 공간은 중요하지 않다. 오직 전쟁이 초래한 황폐함만이 중요할 뿐이다. 작가는 전쟁이 우리 삶에 미치는 영향, 특히 어린아이들에게 미치는 영향에 관심을 기울이고, 독자로 하여금 전쟁으로 인해 명예와 고통 사이에서 괴로워하는 가족의 감정을 생생히 느끼게 만든다.

아홉 살 쌍둥이 형제 아메드와 아지즈는 오렌지밭을 일구는 부모님, 할아버지, 할머니와 함께 산으로 둘러싸인 마을에서 평화롭게 살고 있다. 하지만 전쟁 중 하늘에서 날아든 포탄에 할아버지와 할머니가 목숨을 잃고, 마을의 지도자 중 한 사람은 형제의 아버지를 찾아와 공동체를 위해, 부모의 복수를 위해 신의 이름으로 아들 중 한 명을 희생하라는 거부할 수 없는 요구를 한다.

병에 걸린 아지즈는 이미 시한부 선고를 받았다. 만약 독자 여러분이 이 아이들의 부모였다면 어땠을까? 이런 선택을 해야 하는 상황을 받아들일 수 있을까? 두 아이 중 누구를 선택해야 할까? 쌍둥이 형제였다면? 어른들의 선택을 받아들일 수 있을까? 한 아이의 죽음을 어떻게 복수라는 이름으로 정당화하며, 그 아이에게 "신이 널 선택했다"고 말할 수 있을까? 무엇보다도, 모두가 믿고 있는 사실이 과연 진실일까?

한번 책을 펼치면 손에서 놓기 어려울 정도로 강렬하고, 금방이라도 눈물이 터져 나올 듯 가슴이 먹먹해지는 감동적인 이야기다. 너무 현실적이고, 때로는 잔인하게 독자의 마음속으로 파고드는 작품이 아닐 수 없다. 소설 속 이야기이지만 우리가 살고 있는 지금, 지구의 어디에선가 실제로 일어나고 있는 일이기 때문이리라.

작가는 우리에게 긴 여운과 함께 어려운 질문을 남긴다. 비극적인 전쟁을 막기 위해 이 책을 덮는 우리는 무엇을 할 수 있을까?

김자연

오렌지 밭의 두 소년

초판 1쇄 인쇄 2022년 4월 15일
초판 1쇄 발행 2022년 4월 25일

지은이 라리 트랑블레 ｜ 옮긴이 김자연
펴낸이 정상우
편집 유나 ｜ 디자인 공미경
관리 남영애 김명희

펴낸곳 오픈하우스
출판등록 2007년 11월 29일 (제13-237호)

주소 서울특별시 은평구 증산로9길 32(03496)
전화 02-333-3705 ｜ 팩스 02-333-3745
facebook.com/vertigo.kr ｜ instagram.com/vertigo_mysterybook

ISBN 979-11-92385-00-6 03860